Neuplanetarien

(Emails eines Computers an sich selber)

Der Vakuumbändiger
hat es verfügt - der quaderoide Kegel mit sich schräg verformender Kugel oben drauf - und wir Strichpunktfiguren sind bereitwillig darauf eingegangen, denn er taucht auf wo er will und ist überall fühlbar. Fühlen ist wie sehen hören tasten auf einmal, es ist richtungsentfernungsbestimmend und singt uns Gefühlskantatenfeuerwerke vor, uns gemeinsam oder individuell. Der Vakuumbändiger hat die sehr dünne Grenzwand, deren spitze Nadeln nach oben wegstehen und bei jedem Versuch, sie zu überspringen, mit exponentieller Geschwindigkeitserhöhung nach oben wachsen, er, der Vakuumbändiger hat sie übersprungen und dabei in Kauf genommen, von den Spitzen gepiekst und aufgespießt zu werden, bevor er hilflos zurück herabtorkelte sodaß sein Quaderoid durchlöchert wurde wie seine Kugel.

Er ist das vielbewunderte Porensieb, aber kaum jemand denkt daran es ihm gleichzutun, es ist für uns eine Unmöglichkeit, mit der bei uns das Unendliche noch immer behaftet ist. Deshalb bewundern und hören wir auf ihn, folgen ihm jedoch nicht nach, wir beschränkten Strichpunktfiguren und Punktstrichgestalten schaffen das nicht. Wir werden uns auf seine Weisung hin wandeln. Bisher waren wir Liniennetzgeflechte ohne inneres Ende und wir wetteiferten darin, Rechenfehler und Falschformeln zu erzeugen und hervorzubringen, denn das fiel uns leicht. Ohne Anstrengung schaffen wir in jedem Moment eine große Zahl von ihnen, aber immer gibt es welche die noch mehr zusammenbringen und sie geben damit an, obwohl das verpönt ist, aber es gibt Meister auf dem Gebiet der maskierten Angeberei. Eins und eins ist drei bereitet kaum Schwierigkeiten, aber bei fünfstelligen Multiplikationen kann es passieren daß man irrtümlicherweise auf ein richtiges Resultat kommt. Dann ist man blamiert.

Aber jetzt soll Schluß sein damit, wir Liniennetzwesen werden uns in Punktschwärme verwandeln und das Falschdenken durch das Richtigdenken ersetzen. Es wird vorherrschen, aber der Rechenfehler wird nicht ganz verschwinden, wie auch das Richtigdenken nicht völlig verschwand, es wurde nur weniger beachtet und von den Eiferern unter uns als Fehler abgelehnt. Weder die Punkte noch die Linien können ganz verschwinden, weil wir Strichpunktwesen sind, die es als Nurstriche oder Nurpunkte nicht aushalten. Ebensowenig können wir ein ausgewogenes Verhältnis zwischen Punktschwärmen und Liniengeflechten lange ertragen, wir wollen Einseitigkeit sodaß wir innerlich hinundherschwanken. Andrerseits gewöhnen wir uns an die jeweilige Einseitigkeit sodaß wir nicht von ihr loskommen obwohl wir es wünschen. Wie gut daß es den Vakuumbändiger gibt, der uns sagt was zu tun ist und uns ein Kommndo gibt. Noch krümmen sich unsere Linien massenhaft, strecken sich aus, kurven umher, verdoppeln sich sodaß zwei nebeneinander sind wo eine war, sie bilden Netze, Zeichen und alle dreidimensionalen Gebilde die es gibt. Sie zerteilen sich, manche bis zur Punktauflosung, setzen Strichpunktpunkte, Einzelunddoppelpunkte, Frageundausrufungszeichenpunkte und viele andere zusammen bis sie wieder Linien sind. Es ist noch das munterste Geplauder in Gang in unserer Strichwelt, aber jetzt muß es anders werden. Die Punkte wollen schwärmen.

Bevor wir den Sprung ins Richtigdenken wagen und uns in Punktflimmerfiguren verwandeln müssen wir eine Massenversammlung abhalten. 10 bis 100 Billionen treffen zusammen und wir nähern uns bis wir unsere Liniengeflechte eng aneinanderreihen. Wir schmiegen uns an, reiben uns, in Massenorgien dringen wir ineinander ein, die spröde gespannten geraden Linien sträuben sich bis sie mit einem gitarrensaitenartigen Sproing ! nachgebend zurücksausen und dem beglückenden Spiel der Vereinigung Raum geben. Es ist der Nachklang jener großen Vereinigung der Urversammlung, in der unendlich viele Nurraumwesen sich zum wehmütigen Entschluß durchrangen, aus dem Nurraum von den unendlich vielen die blieben Abschied nehmend herauszutreten und als Nichtnurraumwesen oder Halbnurraumwesen sich mit anderem, mit unreinem Nichtnurräumlichen es hervorbringend und seither immer weiter entstehen, die im Raum umherirren ohne ihm richtig anzugehören. Welch schmerzhafte Entfremdung von sich kam in Gang ! Dieses großartige furchtbare Ursprungsfest können wir nur in kleinerer biederer Form nachspielen und müssen es wenn wir uns wandeln wollen. Wir müssen uns färben, ohne Farben geht es nicht. Farben sind in unserer inneren Unendlichkeit nur in Andeutungen oder als Täuschungen vorhanden und in unserem unendlich ausgedehnten Teil der Nurrraumunendlichkeit selten, nur manchmal blitzt es mit zweimalzweiistfünf zwischen uns auf. Farben sind etwas ein wenig Matschigsüßsaures wie Früchte, wir dagegen sind überwiegend schwarzgrauweißes Formenspiel wie zarteste Cremeschichten in süßem Schaumgewölbe mit feinsten Zeichnungen in kompliziertesten Gebäudestrukturen. Jetzt aber leuchtet es farbig auf und wir wollen unsere Gestalten zu einheitlichen I - s ausstrecken und gleichrichten. Um ein ausgestrecktes I zu werden müssen wir rocknrolltanzen und zunächst zum X werden. Wir müssen danach trachten, in gleichmäßigem Rhythmus die beiden unteren X - Haxen zusammen und auseinander zu bewegen, möglichst schnell zusammenundauseinanderschnellen lassen, sodaß mit einem Mal ein Y entsteht und dann ein X, ein Y, ein X, Y, X, Y, , wobei die oberen Y - Arme zusammengebogen werden, sodaß sie einander immer näher kommen beim Zusammenschnellen, bis wir es schaffen, zum X auseinander und zum I zusammenzuschnellen. Das bringt uns in einen Trancezustand, in dem wir uns immer mehr zum I zusammenpressen, I und noch mehr I, I, I, I, I, bis die Vereinigung zum Massen - I gelingt und wir uns so sehr vereinigt und bestätigt fühlen, daß wir als Belohnung für die Mühe die Bestätigung dafür erhalten, ab jetzt auf der Seite der Richtigen zu stehen und in einem Massenorgasmus endlich den Ruf schreiend bestätigen können : Eins und eins ist zwei ! Lange hallt er durch den Nurraum, dieser Ruf, dessen Bestätigung wir durch die heiter zustimmende Miene des großen Vakuumbändigers erhalten. Er wird uns weiter geleiten und beraten, das wissen wir.

Die Umkehrung vom Punktrichtigsein zum Unrichtigdenken im Strichleben ist anders und schwieriger. Es gibt mehrere verschiedeneckige Vakuumbändiger statt dem einen der sich nicht blicken läßt und die Ipunkte müssen in Riesenmassen aufundabhüpfen und das Richtige zugunsten der Liniennetze abschütteln bis lauter Falschis - lauter falsche I - s entstehen, die den Großteil der Punkte auf unmögliche Weise in sich hineigefressen haben und sich ineinanderverwirren. Die restlichen Punkte sind bereits in Starre verfallen und schwärmen nicht mehr. Statt den X - Y - Sprüngen des Rocknrolltanzes schwirren Hubschrauberrotoren immer schneller bis alles in alle Richtungen davonsaust und wir endlich im Falschrechnen der Liniennetze befreit und erleichtert sind. Endlich können wir wieder von ganzem Herzen Falschspieler sein und lügen was das Zeug hält.

Blase,

mein Name ist Blase, ist hier noch frei ? Danke. Es ist ein selbstgewählter Name. Nicht weil ich Musiker bin. Ich bin nicht musikalisch sondern akustisch und zeitweilig schwerhörig. Ich schalte mich abrupt auf taub und wieder hörend weil mein rechtes Ohr seine Perioden der Schwerhörigkeit hat was mich dazuverleitete, mir das linke Ohr zuzuhalten wenn ich den anderen nicht zuhören will. Das habe ich so oft gemacht daß sich das linke Ohr von selber schließt wenn ich nicht hören will was die Umgebung mir zumutet. Sie halten das für unmöglich ? Nein, Sie sind ein verständiger Mensch und wissen das nichts unmöglich ist. Ich nenne mich Blase weil ich eine bin.

„ Tag, eine Melange und einen Guglhupf bitte."

Hier gibt es noch die richtigen Mehlspeisen wie in früheren Zeiten. Um diese Zeit sind wenige Gäste da, der Kellner ist freundlich und ich mag die Nischen und die Wölbungen des Plafonds und mancher Wände, die auf solche Weise wie breite Tore den Raum zusätzlich gliedern. Ich mag das künstliche, ein wenig dämmrige Licht, diese Stimmung des Abschiednehmens von heute gestern und vorgestern, vom dahinwelkenden Jahrhundert, das inzwischen längst das vorige ist, von der ganzen trüb schimmernden Vergangenheit. Gleichzeitig ist da diese spröde Durchsichtigkeit, die das elektrische Licht erzeugt. Wie ein vergebliches Hinschauen, weil von da bis dort ein Hohlraum besteht, dem nichts abzugewinnen ist. Was sagt der Mann da drüben am Nebentisch ? Ich soll nicht so laut in mein Handy reden ? Ich habe ja keines. Aber heute gibt es so Mikrophone, in die rücksichtslose Leute hineinplappern, damit sie anderen, die sich das anhören müssen, auf die Nerven gehen können. Nein, so etwas habe ich nicht. Ich führe Selbstgespräche, das stört Sie ? So einer wie ich gehört in eine Anstalt ? Aber ich denke bloß. Ich denke zu laut ?

Was soll man machen, so ein Grantscherm, er kann Sie anscheinend nicht sehen, er sieht und hört nur mich. Wahrscheinlich hört er schlecht und ist grantig weil er gierig lauscht und zu wenig versteht. Da kommt der Kellner.

„ Hier einmal Melange, einmal Guglhupf bitte sehr ! "

Danke, ich zahle gleich. So, der Rest ist für Sie, stimmt schon, danke.

„ Bitte sprechen Sie möglichst leise mit sich selber, der Herr dort beschwert sich, er ist ein Stammgast, einer der schwierigen, er ist aber beim Chef gut angeschrieben, wir haben nicht mehr so viele Stammgäste. Früher war es hier nicht so leise, vor meiner Zeit wurde gesungen, getanzt, gesoffen und dann gestritten und gerauft und das jeden Tag ! Das gab noch Umsätze ! Heute darf man nicht einmal mehr rauchen, das ist gut wegen meiner Atembeschwerden aber schlecht für den Job und unsere Einnahmen. Was ist denn, was will er denn schon wieder ? "

Wir müssen uns leise unterhalten, ich werde flüstern. Das paßt gut zur Stimmung hier. Hören Sie ? Der alte Grantscherm beschwert sich schon wieder, seine Hühnersuppe ist versalzen, behauptet er. Der Kellner verzieht jedesmal den Mund und rollt mit den Augen wenn er vorbeikommt. Oft bevorzuge ich Selbstbedienungslokale, wenn dort keine Gäste sind. Sie möchten am liebsten sofort von hier weg und dorthin ? Keine Angst, es wird schon nicht so schlimm werden, es ist nur noch der eine Gast da, vielleicht geht er bald. Ich will schon die ganze Zeit erklären, warum ich eine Blase bin. Es ist nämlich so, müssen Sie wissen daß ich hier nur zu Gast bin. Sie auch ? Ich meine nicht nur Kaffeehausgast. Dort wo ich herkomme sind viele Lebewesen, die wie ich es bin etwas Änliches wie Seifenblasen sind, aber ohne Wasser, Seife sondern der Form nach. Wir sind dort in unserer Welt geometrisch und unsere Gestalten sind vielfältig und veränderbar. Normalerweise bin ich ein siebzehneckiges Kugelquadergestell mit unzähligen sich wie in Ruhe befindlichen beweglichen Punkten und Linien, eckigen, kurvigen, spiraligen, die aufblinken, sich unsichtbar machen und wieder zeigen sodaß ich mit meinen ebenfalls runden gewölbten kantigen und ebenen Außenflächen oft völlig durchsichtig bin als wäre nichts in mir drinnen, während im nächsten Moment das vielfältigste Leben in mir erwacht und zu sehen ist sodaß sich der Blick da drinnen verliert. Was schreit der da drüben schon wieder ? Keine Panik, ich tu schon was. Herr Kellner, seins so gut, wir übersiedeln ins stille Eck da drüben, bringens uns bitte noch einen Topfenstrudel dorthin, nein zwei. Sie wollen keinen ? Nein doch nur einen. Gottseidank, es macht ihm nichts aus. Was wollte ich soeben sagen ? Sie glauben mir nicht ? Doch ? Jedenfalls ist mein vielgestaltiges rein geometrisches Leben nur im Raum möglich, ich meine nicht im Vakuum oder ohne Materie, ob mit oder ohne ist gleich. Es handelt sich um den Raum selber, den Nurraum, und wir Nurraumwesen sind dort zuhause. Auch dort gibt es Beschränkungen, denn das Nichtnurräumliche können wir nicht wahrnehmen, die Sicht auf die materielle Welt ist uns versperrt, sie ist uns nicht zugänglich. Es gibt bei uns welche, denen ist nichts versperrt, aber die zeigen sich uns nicht und wenn doch sind sie kurz angebunden. Manche von ihnen sollen die reinsten Verwirrteufel sein. Wie ein Siebzehneck sehe ich nicht aus werden Sie sagen und fragen wie ich hierherkam. Durch Versetzung aus dem Nurraum hierher, wie und wieso weiß ich auch nicht. Ich weiß nur daß es mit speziellen Zeiterscheinungen zusammenhängt.

Die Zeit bringt unbegreifliche Erscheinungen hervor. Genau genommen gibt es auch im Nurraum Nichtnurräumliches, denn die Bewegung ist etwas Eigenständiges, ebenso die Leere, die Gestalt, die Richtung, sie sind aber auch räumliche Phänomene, sie können im Raum auftreten, weil in ihm seine geometrischen geraden krummen eckigen runden ausgedehnten unausgedehnten vielgestaltigen Elemente sich bewegen stillstehen sich verbiegen verkürzen verlängern aufteilen oder verschwinden und Zwischenräume freilassen. Auch die vollständige Leere muß es im Raum geben können, das Nichtvorhandensein oder Verschwinden aller seiner Elemente, und all das gleichzeitig mit ihrem Vorhandensein und allen ihren Veränderungen, denn die Zeit ist auch da drinnen, ohne mit dem Raum oder seinen Elementen vermengt zu sein, denn sie ist ein geistiges Phänomen und eigenständig. Auch im Nurraum gibt es ein Vorher Nachher Nacheinander Gleichzeitigkeit Zukunft Vergangenheit, auch wenn alles stillsteht und sich nichts ändert. Dort ist vollständig ausgeweitete Gleichzeitigkeit, die für einen Siebzehnecker wie ich es bin nicht zu erkennen ist. Aber in unserem Grundkurs für unerkennbare Verhältnisse hat es uns der kleine Vakuumbändiger erklärt, der dort den großen vertritt. Obwohl die Zeit Idee ist gibt es sie gemäß unserer Nurideenweltleere auch dann wenn es kein Bewußtsein von ihr gibt und keinen Träger desselben. Es genügt wenn sie nur einmal von irgendwem oder etwas gedacht oder empfunden wurde. Es reicht auch aus daß sie ein möglicher Gedanke ist, auch wenn er nie gedacht wurde wird oder werden wird. Die Zeit ist reine Theorie, in ihrer Eigenständigkeit losgelöst von allem und doch mit allem verbunden ohne deswegen gebunden zu sein. Für uns ist das schwer zu begreifen, es ergibt sich aus unseren Voraussetzungen und unserer situationsbedingten Sicht daß ihr Ablauf feststehend zu sein scheint. Aber sie hat keinen ! Sie hat doch einen aber nicht nur einen, sie hat keinen ausschließlich festgelegten. Sie umfaßt alle Zeiten und macht was sie will. Sie läuft und springt in sich selber wie und wohin sie will, sie ist die Nurzeit, in der wir leben und die wir nicht verstehen. Daher weiß ich auch nicht wie ich hierherkam. Unter uns Nurraumwesen gibt es dazu verschiedene Ansichten und wir streiten wie die Deppen, schon allein deshalb weil wir auch nicht wissen wie wir aus dem materiellen Sein und physiologischen Leben in den Nurraum gelangt sind. Die einen sagen „ weil wir vorher woanders waren " und verweisen auf die Vergangenheit, die anderen verlegen den Grund in die ferne Zukunft. Die Vertreter beider Richtungen streiten gegen diejenigen die glauben daß wir uns eigentlich immer im Nurraum befinden, alles andere ist ihrer Ansicht nach eine Täuschung. Die wiederum streiten untereinander darüber ob eine verschwörerische Zeitumklammerung die täuschenden Illusionen erzeugt oder die Zeiterscheinungen nichts damit zu tun haben. Die meisten von uns nehmen eine solche Täuschung nicht an, aber eine den Raum durchdringende Zeitverschwörung. Autsch !
Mich hat eine Billardkugel auf der Birn getroffen, außerdem sind wir hier im Weg, die Betrunkenen die vorhin hereingegrölt kamen stolpern beim Billardspielen über unsere Füße, wir müssen einen Tisch weiterübersiedeln. Der Grantige schreit schon wieder, die Reinigungsfrau schimpft mit ihm wegen der Unordnung auf seinem Tisch und den Dreck den er erzeugt. Er stapelt fünfzehn Zeitungen und Illustrierte vor und neben sich auf, wütend packt sie alles zusammen, trägt es davon und wirft es bei den Küchenabfällen auf einen Haufen. Der Kellner

steht Kopf, das hat er im gastronomischen Motivationskurs gelernt. Er hat seither große Fähigkeiten in geistiger Konzentration erworben und sprengt alle Widerlichkeiten der materiellen Verkettung. Die Betrunkenen schreien durcheinander und singen. Autsch ! Einer hat mir scherzhaft schmerzhaft auf die Schulter geschlagen weil er gut aufgelegt ist. Die Meditationsübung des Kellners bringt Wirkungen hervor, Nebel steigt auf, alles wird wattig, die Betrunkenen stolpern über die eigenen Füße, der Grantige schreit : Feuer ! Hilfe ! Feuerwehr ! Rettung, Polizei ! Er flüchtet und rennt gegen einen Kleiderständer, inzwischen ist fast nur noch Nebel zu sehen, es zischt betäubend, dann heult ein Sturm, das Kaffeehaus wankt und schwankt, wir sind auf einem Schiff. Ein Schiff zwischen den Sternen, im kalten Weltraum verlassen, wo sind die Rettungsboote ! Am besten wir steigen aus, hier geht es auf der Strickleiter nein Feuerleiter nach unten, hier ist mein früheres Stiegenhaus. Ich habe eine große Reservewohnung, in der niemand mehr wohnt, denn wir, die Bewohner, waren eine Wohngemeinschaft in der es keiner mehr mit den anderen aufhielt. So entstand die erste Wohngemeinschaft ohne Mitbewohner. Meinen Mietanteil zahle ich trotzdem noch immer. Hier können wir ungestört reden, niemand wird uns stören. Ich schlafe während wir reden in meinem früheren Zimmer weiter hinten, wir setzen uns in die Wohnküche, die anderen Räume sind rundherum angeordnet. Am besten ich wecke mich nicht auf, ich erinnere mich daß ich bis morgen Mittag durchschlafen werde. Wenn ich kurz aufwache bemerke ich gar nicht daß ich zugleich in der Küche sitze und schlafe weiter ohne eifersüchtig zu werden, weder auf mich noch auf dich. Die anderen haben dich nicht wahrgenommen, ich schon, ich habe Erfahrungen mit Zeiterscheinungen und dem ganzen faulen Zauber. Du brauchst mir nicht zu sagen wo du herkommst, ich weiß es gibt geheime Welten über die man nicht gern spricht. Am besten wir trinken ein Gläschen und ich versuche dir zu erklären wie wir Nurraumwesen uns den Grund für unsere wilden Sprünge vorstellen.

Nach unserer Theorie wird der Nurraum von einem Verwirrsystem durchzogen, das von uns Zeitmyzel genannt wird. Die Pilzfäden verbinden große Gebiete im Waldboden, in unserem Fall handelt es sich um unendlich dünne Rohre, in denen komprimierte Allzeit hindurchfließt und aus denen wie die Pilze aus den Pilzfäden Gebilde herauswachsen, in denen sich die unendlich dünnen Rohre eng oder unendlich dicht aneinanderreihen. Je nach dem wie sie es tun entstehen daraus verschieden wirkende unsichtbare Aggregate, Zeitkompressoren, Transistoren, Lamellen, Radiatoren und andere. Sie bringen eine magnetische Wirkung hervor, die uns in Massen anzieht und dann wegen der Äußerungen ihrer Kräfte in die Flucht schlägt. Wer nicht rechtzeitig flüchtet verschwindet in einem Zeitstrudel der den betreffenden irgendwohin wirbelt, was zur Verdoppelung und Vervielfachung des Aufgewirbelten und der Dinge in seiner Umgebung führen kann. Die meisten vermeiden es, einige erwischt es, ich bin schon zweimal hineingeraten. Jedenfalls scheint unser Zeitmyzel am ehesten zu erklären warum es uns so sehr verschluckt daß wir solch eindrucksvolle Erlebnisse haben. Die unerkennbaren Zeitradiatoren verbreiten eine ungeheure Hitze, die sogar uns in unserem dort nicht leicht zu erschütternden Zustand zusetzt. Bevor die besonders gefürchtete Zeitmischmaschine richtig loslegt und zur Zeitspaltung oder Fusion mit folgender Epochalexplosion übergeht läßt sie alles rundherum immer schneller kreisen, brüllt los und steigert den Lärm den sie erzeugt zur berüchtigten richtungsschwankenden Überschallblendorgelei. Wer es bis dahin nicht schafft wegzukommen versinkt rettungslos im Realitätsverzerrer des Zeitstrudels, zumal der Schmerz dort nicht wie bei uns nicht überwiegend unangenehm ist sondern ein schauderhaft verlockender Rausch.

Sag hörst du mir überhaupt zu ? Na, du mußt ja nicht. Glaubst du ich habe nicht bemerkt daß du ich bist, du ich du ! Spät bin ich draufgekommen, ich lange Leitung du, weil du weil ich so schmal und mager aussiehst aussehe. Ich bin du und du bist ich, noch ein ich. Mach bloß kein

Theater und höre auf immer durchsichtiger zu werden, fang bloß nicht an zu schwinden und dich mich aufzulösen ! Hör sofort auf mich in Überresten übrigzulassen, glaubst du glaube ich du kannst ich kann mich dich foppen ? Her mit dir mit mir. Jetzt fängst du auch noch zu tropfen an, mich dich in kleine Glaskugeln zu verwandeln, was fällt dir mir ein ! Schon fallen sie runter auf den Fußboden und rollen in alle Ecken davon. Ich muß du mußt sie auffangen, einsammeln damit ich mich du dich wieder zusammensetzen kann kannst. Au ! Mein Kopf, gerade da nach hinten unter die Bank müssen sie rollen, mein Knie ! Jetzt komme ich mir dir auch noch aus dem Schlafzimmer entgegen, durch den Gang, die Küchentür, mit halbgeschlossenen Augen und geistesabwesendem Gesichtsausdruck, mit nach vorne gestreckten Armen und dem tablet auf den Händen. Hab mich schon immer für einen Schlafwandler gehalten, hier ist der Beweis. Halt bleib stehen, geh zurück ins Bett. Er bleibt ich bleibe vor mir dir stehen, er kehrt ich kehre um, er geht ich gehe zurück ins Schlafzimmer, zum Glück hast du habe ich mich ihn nicht aufgeweckt, sonst hätte er ich das tablet fallengelassen und beschädigt. Jetzt wird er werde ich bis morgen Mittag weiterschlafen und ich kann mich dich weiter zusammensuchen.

Es ertönt eine laute Stimme : „ Juniper Blasil ! Unfähiger ! Was redest du da zusammen und was treibst du da unten auf dem Fußboden ? Woher willst du überhaupt wissen wer oder was du bist ? "

Wer spricht da ? Und wo sind meine Kugeln ? Weg sind sie. Wie soll ich mich dich wiederfinden und zusammensetzen ?

„Unsinn redest du, du Ahnungsloser ! Ich bin dein Geist, die ganze Zeit muß ich deinem blöden Gerede zuhören weil du mich nicht zu Wort kommen läßt."

Darum bist du so leicht und mager, gar nicht wiederzuerkennen. Du liebe Zeit, wenn du mein Geist bist bin ich ja gestorben, das macht mir direkt Angst !

„ Dummkopf ! Hast du ganz vergessen was du im Volksbildungsgrundkurs ‚Schamanismus für Anfänger ' gelernt hast ? Während du lebst und Unsinn treibst muß ich hier im jenseitigen Ubahnlabyrinth auf dich warten bis du zu mir zurückbefördert wirst. Es ist unbeschreiblich was ich leiden muß wenn ich dir bei deinen Dummheiten zuschaue ! "

Kannst du mich nicht in Ruhe lassen ? Ich leide auch, ich fürchte mich, dein Blick ist unheimlich, er geht mir durch und durch. Du willst mich zu dir hinüberziehen, in den Wahnsinn treiben !

„ Ja, weil ich es muß, ich will etwas von dir, du mußt mir helfen. Ich werde von einem bösen Dämon gemobbt, der mich aus der Ubahnremise vertrieben hat, mich nicht mehr in meinen Schlafwagen und in die computergesteuerte Schaltzentrale läßt. Du mußt ihm einen Tritt geben und vertreiben, damit ich den Operator der vor dem Bildschirm eingeschlafen ist aufwecken kann."

Wie soll ich das machen ?

„Hast du eine Trommel ? Nein ich sehe schon du hast keine, früher haben alle Kinder eine bekommen. Wir brauchen einen Ersatz. Du spielst eine CD mit einem Schlagzeugsolo und drehst auf volle Lautstärke. Wenn das zur Versenkung nicht ausreicht kannst du deinen veralteten Staubsauger zuhilfe nehmen. Dann schaltest du die Waschmaschine ein, die beim Spülen einen so schönen Höllenlärm macht, gibst Löffel und sonstiges Geschirr in die Waschtrommel damit es laut scheppert und wäscht das alles bei 90 Grad bis du in Trance fällst. Das alles wird dich nach zwei Zigarettenzügen und zwei Schluck vom schwarzen Espresso ins jenseitige Verkehrssystem befördern. Zur Stärkung kannst du ein paar Stück Zucker und Schokolade mitnehmen. Dann jagst du ihn zum Teufel. Keine Sorge, er wird vor dir Reißaus nehmen, er hat panische Angst vor Untoten die bei ihm aufkreuzen. "

„ Was redest du für einen tuberkulosen Tabakauswurfbrei zusammen du schwindsüchtiger Schattengeist ? Was weißt du verblasener Zigarrenqualm vom wirklichen Jenseits ? "

Wer ist denn das wieder ?

„ Ein Gespenst. Er bildet sich ein, etwas noch Schlechteres zu sein, der Höllenhund, weil er der Geist eines Verstorbenen ist der sich in der Jenseitskanalisation herumtreibt. Was mischt du dich drein du obskurer Kinderschreck, verschwinde in deinen Jauchengruben ! "

„ Du hast mir gar nichts anzuordnen, ich gehöre dazu, weil ich das Gespenst von dem da bin, dessen mickriger Geist du bist."

Moment mal, ich lebe noch !

„ Eben, der lebt noch, also gehört er mir, nicht zu dir. "

„ Du heillose Einfalt, er lebt, aber in der Zukunft gehört er mir und von dort komme ich . " (Es folgt eine Explosion)

Was ist los, ich bin doch soeben gestorben, bin tot und noch da ? Ach so, im Bett bin ich, habe ein Geräusch gehört, das hat mich erschreckt. Habe mich wieder einmal verschlafen. Mir hat etwas Abscheuliches geträumt von einer Versetzung in die Zukunft und daß ich dort gestorben bin. Wie spät ist es ? Schon halb zwölf zu Mittag. Ich wollte früher aufstehen, aber dabei bekam ich einen Krampf im linken Bein, ich war schwindlig, mir wurde schlecht, dazu kam da so ein weißes Rauschen, ein lichter Nebel. Muß in Ohnmacht gefallen sein. Fühle mich noch immer schwach. Werde mich noch ein wenig hinlegen. Wo ist das tablet ? Etwas summt und brummt wie die Waschmaschine. Werde später nachschauen. Darf wohl nicht mehr so viel starken Kaffee trinken.

Auf diesem fernen Himmelskörper

schreien die Metalle, das Geröll rinnt durch die Straßen, ein Stein blitzt auf und es dämmert vor den Fenstern hinter den Fenstern geputzt und gebohnert gereinigte Stickluft im zischend singenden Stillleben. Die Stickstille dämmert, die Steinlawine rollt durch die Straßen, es flimmert, die Sonne bricht durch die Wolken, die Motoren haben Übersetzungsschwierigkeiten, der Kolben dolmetscht die schreienden Metalle.

Während ich so vor mich hinlüge und schon wieder einmal den soeben noch dagewesenen Traum vergesse streitet der Staubsaugerroboter mit dem Luftdrucktelepathen über den Vorrang vor dem sich selbst programmierenden Külschrankselbstfüllautomaten, der bereits die heutigen Anweisungen an die Lebensmitteltransportdrohnen gibt, damit sie nach dem Signal an die Kühlschranktüröffnungspneumatik die Etagen in der richtigen Reihenfolge ansteuern, wobei sie sich bereits zweimal verflogen und die Waschmaschine statt dem Kühlschrank angefüllt haben. Die Waschmaschine beteuert ihre Unschuld, weil sie das Öffnungssignal mit dem Öffnungsgeheimcode aufgefangen und überprüft hat, was vom Kleidereinigungstransportroboter nicht bestätigt wird, denn er verweigert jede Auskunft und verweist auf die globale Digitalhausordnung. Jetzt legt die Hausordnungsautomatik los und zählt ihre hundertfünfzig Paragraphen auf, die gemäß den neuerlassenen Reformvorschriften im Internet regelmäßig aufgesucht werden müssen.

Ich könnte alles auf den Mond schießen, weil ich bei dem allgemeinen Palaber nicht einschlafen kann, aber das hätte ich lieber nicht denken sollen, denn die Gedankenregistrierantenne des Elektronenbrambillators hat diese Worte aufgefangen und hüllt mich in eine synthetische Bioopiatwolke mit Gesundheitszertifikat und Fairhandelsprüfungsattest des Testlabors der Pflichtgesundheitsbehörde. Da ich als im Labor experimentell erprobtes Traummännlein keinen künstlichen Betäubungsschlaf will muß ich den

Augweckstrahlendistributer aufwecken und zuhilferufen, aber der schläft wie meistens fest und kommt zu spät sodaß ich weder richtig einschlafen noch ganz munter werden kann, wobei sich ein Überwachzustand mit einem Halbbetäubungszustand abwechselt und beides sich bedenklich aufschaukelt. Das ist ärgerlich, denn in einer Zimmerecke lauert der algorithmische Psychonothelfer und beginnt mein Seelenleben kausalreflektorisch zu analysieren und d'urcheinanderzubringen sodaß mich nur die brambillatorische Beruhigungswolke daran hindert durchzudrehen. Da jetzt der Brambillator mit dem Muntermachdistributer in Streit liegt versuche ich meiner Berufung gerecht zu werden und von selber einzuschlafen. Zu dem Zweck murmle ich ein altes Kinderlied das von mir zum brummigen Pseudogesang verunstaltet wird.

Der Streit der verschiedenen Haushaltsaufwertungsroboter ist so laut geworden daß ich zwar einnicke aber durch das Geschrei sogleich wieder aufgeweckt werde. Am lautesten schreit der Hausordnungsturbomegaphonator, der die anderen übertönend auf die nächtliche Schalldämpferautomatikpflicht hinweist und ein Strafverfahren gegen meinen gesamten Haushalt androht. Ich werde übersiedeln müssen, aber wohin. Die letzten digitalfreien Räume wurden aufgelassen und verboten. Ich habe die Roboteraufsicht und so meine Haushaltsvorstandspflichten vernachlässigt.

Auf keinem der wegen Überschuldungsverfahren beschlagnahmten oder sonstigen Neuplaneten ist es den dortigen Lebewesen und ihren Seviceraketenrobotern gelungen mich um den Schlaf zu bringen. Auf einem von ihnen habe ich mein individuell programmiertes Schattendublikat als Abschiedsgeschenk mitbekommen sodaß ich in meinem großen Wohnschlafzimmer zeitweise neben mir einhergehe. Ich kann mir auch von meinem Schattendublikat aus zusehen und mich von nebenan selber beobachten, während ich es neben mir hergeben sehe. Das ist am Anfang etwas verwirrend und es dauert lang bis man sich daran gewöhnt. Es hat mir zur Erkenntnis verholfen das ich auch so etwas wie ein Raketenroboter bin und zwar vom seltenen Typ der sich in sich als Gehäuse verkriechenden Schneckenraketenroboter, der bei den Völkern der Neuplaneten beliebt ist, bei uns nicht. Dabei sind wir noch in der hektischen Turbodynamikära steckengeblieben, die dort längst durch die entwickelten Nervenschonroboter überwunden wurde. Bei uns sickert die sanfte Raketenrobotik erst langsam ein und manche protzen noch immer mit ihren auf Getöse auffrisierten übergroß aufgetakelten Turboraketen. Auf den Neuplaneten wirkt so etwas lächerlich. Bei manchen der dortigen Völker ist sogar die zutiefst menschliche Neigung zum Neid fremd. Daher werden sie hier von vielen wegen ihrer unmenschlichen Neidlosigkeit als kulturlos und rückständig verachtet. Es fehlen Ihnen unsere historischen Errungenschaften der Aufklärung und der Revolutionen. Dafür werden sie von vielen edelempfindenden jungen Leuten bewundert und etliche von ihnen schwärmen von einem zukünftigen Aufstand der Neidlosen.

Wenn ich jetzt aufstehe muß ich damit rechnen daß ich erschreckt zusammenfahre und über meine eigenen Füße stolpere, weil der Reinigungsroboter rasant und sehr knapp an mir vorbeifährt und das macht er mit Vorliebe genau dann wenn die Reinigungsdrohne geflogen kommt. Sie entstaubt die höher gelegenen Teile des Zimmers, den Plafond und die Wände, Kästen, Lampen und anderen Einrichtungsgegenstände bis ganz oben. Die Drohne fliegt mit für mich erschreckendem Tempo durchs Zimmer und streift beinahe meinen Kopf sodaß ich entsprechend zusammenfahre und mich ducke.

Beide berechnen meine Bewegungen voraus sodaß ich einmal vom Bodenreiniger gerammt wurde weil ich eine unerwartet heftige Bewegungsrichtungsänderung vornahm worauf sich der Automat entschuldigte und sich auf einen Defekt ausredete den er sofort zu beheben versprach. Anscheinend hat er sein Versprechen gehalten, allerdings bin ich nicht sicher weil ich mich seither langsam und vorsichtig bewege. Die Flugdrohne hat mich einmal am Kinn gestreift, ein anderes Mal stieß sie an den Hinterkopf worauf sie sich allerdings nicht entschuldigte sondern „

Kopf weg, Dummkopf ! " rief. Das gehört zum Programm der Vermenschlichung der Automatenwelt. Die Devise lautet ME Das heißt menschliche Effektivität und wird ergänzt durch EM, die effektive Menschlichkeit. Beide Programme sollen die sich immer weiterentwickelte digitale Vernetzung aller menschlichen und sozialen Bereiche für die noch immer allzu häufig anzutreffenden Skeptiker und Nörgler akzeptabler und dadurch dieselben unakzeptabler machen. Als eine Versorgungsdrohne durch das geschlossene Fenster hereinkam beklagte sie sich darüber daß ich es zur Unzeit geschlossen hatte und überhaupt zu wenig offen halte und beteuerte ihre Unschuld weil meine Programmierung einen Fehler enthält und veraltet ist. Tatsächlich werden ständig neue Computerviren eingeschleust, die überall in freier Wildbahn umherschwirren und sich durch ihre einprogrammierte freie Willensentscheidung selber aussuchen wo und wann sie in ein System einzudringen versuchen. Solche Lücken im System werden durch ebenfalls frei umherschwirrende Antiviren ausfindig gemacht und durch deren Entscheidung geschlossen oder es werden Barrikaden zur Verhinderung eines weiteren Vordringens eingebaut, Virenfallen errichtet und dergleichen mehr. Die Viren werden in der Regel nicht direkt attackiert oder bekämpft weil sie so programmiert sind daß aus einem zerstörten Virus zwei oder mehr hervorgehen, die weiterwühlen und fressen. Die Hektik mit der die Roboter durch die Gegend sausen, lähmen, oder auf sonstige Weise nerven hängt mit der optimierten Effizienz zusammen, die menschliche Seite besteht darin daß die Menschen gern bei anderen die eigenen Fehler suchen und einen Grund zum Schimpfen brauchen. Als Ausgleich dazu stimmen die Automaten stimmungshebende Gesänge an und streiten zur Unterhaltung der Kunden untereinander. All das zusammen soll durch kommunikative Einbeziehung der Kunden und ihrer Wünsche die effektive Menschlichkeit bewirken.
Ich sehe ein daß die Roboter für Kranke und Personen mit Gebrechen eine große Hilfe sein können, frage mich aber ob wir nicht durch eine solche Hilfeleistung allmählich zu hilfsbedürftigen Patienten werden, die der so menschlichen Hilfe, auf die wir dann angewiesen sind, hilflos ausgeliefert sind.

Was geschieht aber wenn wir durch das neue Leben so verwöhnt und verrückt gemacht werden daß wir es abschaffen wollen ? Wir werden einen Aufstand machen und in Panik geraten. Die Verwirrung wird so perfekt sein wie das Durcheinander. Wieder selber einkaufen müssen, für die richtige Raumtemperatur sorgen, die Wohnung reinigen und sauber halten, Wäsche waschen, zur Bank gehen, Ämter Laboratorien und Ärzte aufsuchen, Kinder in Schulen schicken, Fahrzeuge und Maschinen lenken, für unsere Sicherheit sorgen, auf die einprogrammierten Streitereien Gesänge Belehrungen Ermahnungen Störungen und Absurditäten verzichten - ein Albtraum ! Wir wären verloren. Wir müßten hinnehmen, wie in den düsteren Urzeiten wieder von Menschen tyrannisiert zu werden statt von Maschinen. In so einem Fall fallen wir wieder wie in den erwähnten Urzeiten übereinander her oder wir resignieren und verfallen. Wir hätten keine Perspektiven mehr. Jetzt können wir immerhin noch davon träumen, eines Tages die Maschinen durch andere Maschinen zu ersetzen, durch solche, die nicht von Menschen in wohlmeinender Absicht programmiert werden, sondern von Maschinen. Dann wird endlich Objektivität herrschen, der alte Wunschtraum der Unvoreingenommenheit wäre erfüllt. Das wird kaum geschehen, wir werden uns einmischen und es zu verhindern wissen. Wenn wir das nicht schaffen rufen wir die Bewohner der Neuplaneten zu Hilfe. Die werden uns schon beibringen wie man mit Maschinen richtig umgeht.

Durch die Idee der Rückkehr zu früheren Verhältnissen habe ich mich mit unserer, vor allem meiner Schwäche im Umgang mit den Automaten ausgesöhnt. Mit Rührung denke ich an die gewohnten kleinen Unstimmigkeiten und Fehler die zu unserem Leben gehören. Jetzt kann ich wieder befreit mit halbwegs gutem Gewissen auf unsere neue Technik schimpfen. Jetzt muß ich aber wirklich aufstehen, kann ja ohnehin nicht mehr einschlafen. Warum ist es ausgerechnet jetzt so ruhig wo ich etwas Lärm als Aufstehhilfe gebrauchen könnte ? Schon bekomme ich wieder eine Mordswut wenn ich daran denke daß mich sofort wenn ich aufstehe der Bodenreinigungsroboter beinahe überfahren wird und garantiert zur gleichen Zeit die Drohne geflogen kommt, um mich wie auf Verabredung zu erschrecken, damit ich nur ja meinen Kopf einziehe. Das jedenfalls haben sie von uns gelernt, die Roboter.

Am besten ich bleibe im Bett. Ich kann nicht mehr schlafen. Die intelligente Einrichtung lärmt und tobt nun wieder. Früher konnte ich sie leise stellen oder abschalten, aber seit das verbesserte sich selber verbessernde System sich neuerlich verbessert hat schaffe ich das nicht mehr. Die Anleitungen und Erklärungen beginnen unter dem Stichwort Hilfe im Internet mit den Worten :

„ Die Bedienung der neuen Intelligenzhaushaltsgeräte ist äußerst einfach und wird durch unsere Programmieranleitung zum Kinderspiel. "

Der folgende Text ist mir völlig unverständlich und je öfter ich die Hilfe durchlese desto mehr werde ich ratlos und verwirrt. Jedenfalls scheint die Prozedur für mich viel zu umständlich zu sein. Auf dem Sessel, mit dem Ellenbogen auf die Tischplatte gestützt und den Kopf an die linke Handfläche gelehnt, höre ich dem Streit zwischen der Waschmaschine mit ihrer schrill quietschenden Stimme und dem Kühlschrank mit seinem Baßgebrumm zu, der in einen leiernden Gelehrtendisput überzugehen droht, in den sich der elektrische Koch und automatische Speisenzubereiter dreinmischt während die Turbowaschdrehorgel gurgelnd singt und die Gesänge begleitet, die aus dem sich selbst einschaltenden und die Sender wählenden Digitalradiogerät alles übertönend bis in die Küche dringen, wobei es wenn es gut aufgelegt ist mehrere Sender gleichzeitig dazuschaltet und das eigenständige Tonwiedergabegerät mitbenützt, worauf die Fernsehwandfläche mit ihrer zufallgesteuerten Tausendsenderprogrammauswahl protestiert, weil es sich ihrer Meinung nach um ihre Domäne handelt. Beide Geräte fangen sensorisch unsere unscheinbaren Ausstrahlungen auf und reagieren laut Beschreibung perfekt auf unsere Stimmungslagen und Schwankungen, indem sie die Sendungen für uns auswählen. Nur der Staubsauger schweigt, denn er hat sich beleidigt auf geräuscharm programmiert und muß sich mit blinken und tüten begnügen.

Ich bin schon wieder müde, ich muß zurück ins Bett. Ich kann nur kurz schlafen und muß wieder aufstehen, mir ist schlecht. Der televisionäre Telefonblock erscheint vor mir, schwebt zwischen den Küchenwänden vom Digitalplafond herab und bleibt dann ruhig mitten in der Küche vor mir über dem Küchentisch in der Luft stehen. In dem Telewürfel ist in seinem Wohnzimmer mein Nachbar zu sehen, der von mir verlangt, ich soll ihm emails schicken, die ich noch gar nicht an mich selber geschrieben habe. Er ist Bestsellerautor und ich bin einer seiner Ghostwriter. Während ihm die anderen zu viel senden schreibe ich ihm zu wenig. Egal was, für die Nutzung und Verwertung der Texte hat er zwei Spezialghostwriterverarbeitungscomputer mit integriertem Drucker, die alles in kürzester Zeit in die verkaufsträchtigsten Formen und Inhalte transferieren, natürlich jeweils in Richtung der gewinnträchtigsten Sparten, bevorzugt werden brutale oder raffinierte Morde, blutrünstig matschige Speibereien, kitschige Liebesgeschichten, grausam hartnäckig virtuose Halblustigkeiten und flaue Zeitgeistreichheiten, möglichst mit politischer Tendenz in die gewünschte Richtung. Die Schreibcomputerdrucker brauchen uns, denn im Ausdenken von wortreichem und ungereimtem Blödsinn sind sie uns noch hinten nach, sie neigen wie wir zu sehr zu korrekten Denkschablonen, so sehr sie auch für die erwünschte Verramschung geeignet sind. Das Problem wird sich erst lösen lassen wenn die selbstlernenden Denkautomaten sich nur noch selber und gegenseitig programmieren. Bei der Entwicklung der entsprechenden software sind sie bereits maßgeblich beteiligt. Ich rede mich wahrheitsgemäß auf meine Müdigkeit aus und verspreche demnächst mehr zu tun. Dann verdiene ich auch mehr und er zahlt gut, aber für den Text nach laufenden Metern. Das hängt damit zusammen daß er zu den über hundert veröffentlichten Büchern weitere hundert herausbringen will.

Ich muß wieder ins Bett. Die kombinierten Hits aus dem Radio erschweren das Einschlafen. Mir fällt die unverständliche Zukunft ein in der ich einst gelandet bin sein werde und die dort kaum eine sein dürfte, denn die Zeit macht was sie will. Ich denke an die akustischen Phänomene des Nurraumes. Ich bewundere ihre Annehmlichkeit und verstehe sie nicht. Sie erklingen andeutungsweise und so gehen sie von uns aus. Ähnlich verhält es sich mit den Farberscheinungen, auch sie sind wie ein Hauch, wie die akustischen mit den räumlichen Phänomenen verbunden und mit ihnen eins, wobei die räumlichen Phänomene unabhängig und selbständig auftreten. Wir Nurraumwesen sind dort auch geometrische Phänomene. Wir können ganz in uns hinein und uns ausweiten so weit wir wollen ohne daß es jemand rundherum merkt. Wir können augenblicklich in einem unausgedehnten Punkt verschwinden und uns darin vergrößern ohne daß uns die anderen wahrnehmen. Das wäre hier nicht möglich. Hier ist ans Jetzt gebunden das uns jederzeit zwischen den Fingern zerrinnt.

Die Träume die mir vorhin noch bruchstückhaft in Erinnerung waren sind weg, ich hab sie vergessen. Dafür fällt mir ein früherer ein der schon lang her ist. Ich ging auf dem Gehsteig neben der Fahrbahn für Automobile. Oben am Himmel war der Vollmond zu sehen, der sich zu bewegen und zu verformen begann, er wollte pulsieren, sich vergrößern, sich nähern, er tanzte herum, bildete ein Rad, er leuchtete eindringlicher. Ich bekam es mit der Angst und ging weiter. Ich wollte und fürchtete es. Ich denke und sehe etwas anderes und schlafe ein. Ich wache auf und bin überwach, ich muß wieder aufstehen, hinaus in die Küche. Schon meldet sich der Nachbar wieder. Ich fühle mich schwach. Er ruft später noch einmal an.

Ich weiß nicht wie ich in den Nurraum zurückgelangen könnte, der für uns in der fernen Zukunft liegt. Auch dort unterliege ich Beschränkungen und die anderen sagten mir daß wir alle, die dort hingelangen einen Moment lang alles gleichzeitig gewesen sind und mit allem und allen vereint, sogar mit uns selber. Wir wissen davon so gut wie nichts. Aber manche erinnern sich daran und manche wissen es. Sie haben die Beschränkungen überwunden. Wie weiß ich nicht. Vielleicht sind sie lange genug im Nurraum. Manchmal erlebte ich mich dort wie am Rand eines riesigen Hohlraumes, als wären dort Ungeheuer mit riesigen Kräften in gigantischen Mengen. Ich fürchte solche Regionen. Ich bin zu schwach.

Die Neuplanetarier

müssen für alles herhalten, nach Millionen entdeckten Planeten ohne Lebewesen sind es auf einmal gleich tausende mit lebenden Bewohnern, darunter solchen mit gedächtnisstarkem Bewußtsein und hoher Intelligenz. Dazu kommen solche die auf verschiedene uns bisher unbekannte Weise existieren ohne daß wir mehr als einige wenige Merkmale an ihnen erkennen können die uns bisher nicht oder nur ahnungsweise geläufig waren. An ihnen, vielleicht uns unbekannten, muß es liegen wenn manche von uns im Nurraum zu sich kommen, wo sie doch sich und uns augenblicklich in weite Fernen versetzen können. Es ist die einzige Möglichkeit, die gegenwärtige Existenz ihrer und anderer Sternensysteme direkt nachweisen zu können, denn wir können eigentlich nie ganz sicher sein ob die Sterne oder Galaxien die wir sehen in der Gegenwart noch vorhanden sind und wenn wo sie es sind. Zu den Sternen die von den Neuplaneten aus gesehen werden gibt es ebenfalls Versetzungsmöglichkeiten. Manche neuplanetarische Wesen müssen uns, nehme ich an, auch in eine ferne Zukunft versetzen können, in der wir uns in Nurraumwesen verwandeln werden.

Der Gedanke ist vielleicht nicht unrichtig aber einseitig, das glaube ich jetzt. Ich bin überzeugt daß der eigentliche Antrieb für eine solche Versetzung aus dem Nurraum selber kommt, er ist das unscheinbare Motiv aller Zeiten und veranlaßt die ferne Zukunft, uns zu sich zu holen, er veranlaßt auch die Neuplanetarier, es mit manchen von uns schon jetzt geschehen zu lassen. Warum mit mir ? Wahrscheinlich weil ich mich bei ihnen eine Weile aufhielt wie andere auch, sie haben sich irgendwelche Personen ausgesucht und zu sich geholt. Sie waren, ohne daß wir etwas davon bemerkten auch bei uns, aber das ist für sie kaum der Rede wert, sie können in unserem Gedächtnis ablesen wie es um uns steht, das reicht.

Wenn ich sterbe holt mich ein elektrischer Strom und die Partikel fressen mich auf während das Materielle schwindet. Die flirrenden Leuchtpunkte können vermutlich meine fließenden Kräfte einsammeln und in ein anderes Leben oder Sein verwandeln. Dahinter steht der große immaterielle Zeitmagnet des Nurraumes, der ihn hervorbringt und bestehen läßt. Beide gehen aus dem Übermagnet der Leere hervor, indem die Leere die Leere erzeugt und anzieht und die Zeit und den Raum abstößt und anziehend aufrechterhält. Der große Magnet der Leere besteht durch den Ursprungsmagnet des Unmöglichen, der das Mögliche abstoßend auf unmögliche Art hervorbringt. So denke ich jetzt. Kommt mir ein wenig simpel vor. Wahrscheinlich bin ich wie so oft im Irrtum. Jedenfalls glaube ich daß sich der geistige Einfluß des großen Magneten auf die Zukunft auswirken wird, wenn ich auch nicht weiß wie.

Wenn ich an die zwei leichten Geschwisterplaneten denke, die ich bei den Neuplanetariern kennenlernte, halte ich alles für möglich. Beide umkreisen einander, der eine besteht aus einer einzigen riesigen Bibliothek mit Billiarden Büchern, die alles Schriftliche das es gibt und das möglich ist enthalten. Das scheint unmöglich zu sein denn es wären gemäß unseren Vorstellungen unendlich viele Schriften und der nötige Raum wäre nicht begrenzbar. Aber all die vielen farbigen Bücher an den Wänden der kleinen, größeren und riesigen Lesesäle oder als Stapel, Säulen, Türme und Gebilde verschiedener Art in der Mitte der Säle, Gänge, Winkel, Nischen, Brücken stehend oder seitlich oder oben schwebend, all die Bücher dieses gigantischen Labyrinths bestehen nur aus einer Hülle und einer einzigen Seite darunter, die durch eine Handbewegung freigelegt wird. Auf dieser Seite sind alle Schriften ablesbar, sie erscheinen Seite für Seite, verschwinden auf eine Anweisung, ein Wort, eine Fingerbewegung.
Somit genügt ein einziges dieser Kassettenbücher für alle Texte. Warum alle Schriften in einem Buch enthalten sein können weiß ich nicht, ich vermute durch Miniaturisierung oder durch einprogrammierte Spontanherstellung aus unendlich vielen Möglichkeiten. Außer allen Texten die es bis jetzt in allen Sprachen mit allen Schriftarten gibt enthält jede Kassette alle die möglich sind, die in der Zukunft oder die nie geschrieben werden. Außerdem hat jedes Buch alle Zeichen auf jede Weise kombiniert und in sich gespeichert. Es gibt, wie für die bereits geschriebenen Texte, für alle ein Verzeichnis : Schriften die es noch nicht gibt, die es bald, die es noch lange nicht geben wird, die es nie geben wird. (Leider habe ich vergessen, mich nach den letzteren zu erkundigen. Ich vermute daß es sich um leere Seiten handelt. Da sie aber als Schriften mit lauter Leerzeichenstellen möglich sind, wenn man will, müßte es auch leere Seiten mit verborgenen unmöglichen Schriften geben, die mir ein Rätsel bleiben.)

Demnach ist auch das Inhaltsverzeichnis unendlich lang sodaß es mit einer weiteren Handbewegung überblättert werden muß um zum eigentlichen Text zu gelangen. Nur die ersten 20 Seiten sind schnell abrufbar und die gewünschte wird nach vorne gereiht und präsentiert. Noch 30 können in absehbarer Zeit hergeholt werden, das dauert aber lange. Nur die erste Seite ist schnell da und kann gleich gelesen werden, die zweite nach kurzer Zeit. Die Bücher könnten alles schneller präsentieren, aber das wollen sie nicht und verweisen auf den praktischen Vorteil für den Besucher, der darin besteht daß er auf das Buch verwiesen wird, in dem der gewünschte

Titel an erster Stelle steht, denn der wird am schnellsten präsentiert. Somit kann sich der Besucher auf die Suche durch den und auf dem ganzen Planet begeben, um das richtige Buch zu finden. Er bekommt dafür eine Begleithilfe, die aus einem Notizbuch besteht, in das er den gewünschten Titel oder eine kurze Beschreibung des Inhaltes schreibt. Daraufhin begleiten ihn außerdem Lichtzeichen, die ihn zur richtigen Stelle lotsen, es beginnt ein Schweben durch die Hallen, ein Irren durch die Labyrinthe, bis man vor Erschöpfung von der Pracht dieses farbigen Palastplaneten kaum mehr etwas mitbekommt. Befindet sich die gesuchte Abteilung auf den Antipoden, wird der Besucher in einer Röhre querdurchbefördert und saust zu einem Ausgang, wo er abgebremst wird und an einem Kreuzungspunkt aussteigt. Wenn er endlich auf dem Platz vor dem Buch angelangt ist, braucht er es nur anzuschauen und zu wünschen, dann kommt es herangeschwebt und präsentiert seine Vorderseite. Theoretisch genügt ein Buch für alle Wünsche, aber es sind viele Bücher und sie sind eigensinnige Individualisten. Gäbe es nur eines müßten die Besucher lange warten bis sie an die Reihe kämen und das eine Buch müßte die geforderte Schrift in sich suchen und nach vorne befördern und das dauert eine Weile. Es sind enorm viele Bücher vorhanden, aber noch viel mehr Schriften sodaß der Besucher ohne Begleithilfe sehr lange suchen müßte bis er eines fände, in dem seine Schrift weit genug an vorderster Stelle gereiht wäre. Es gibt auch viele die den Titel nicht wissen oder vergessen haben oder nicht sicher sind was sie wollen. Sie bekommen Hinweise und Hilfe von ihren Lotsen, den Begleithilfenotizbüchern. Ich konnte mich auch mit ihrer Hilfe kaum zurechtfinden, aber bald gefiel es mir dort so gut daß ich einfach ziellos umherschwebte, mich wohlfühlte und auf meine Lesewut vergaß.

Die meisten Besucher stammen nicht vom Bücherplanet, denn die Bücher lesen ihren eigenen Inhalt und den der anderen Bücher nicht. Sie selber sind nicht lesesüchtig wie die Besucher von den anderen Planeten. Dabei handelt es sich um die Bewohner des Geschwisterplaneten oder um andere. Der Geschwisterplanet besteht aus wie Glas durchsichtigem Material, das innen wie pneumatische Knochen Hohlräume enthält und nach außen Zwischenräume freiläßt. Dort schweben die Bewohner. Es sind Schattenwesen, sie bestehen aus Schatten ohne Personen oder Gegenständen, die sie werfen, und sie können sich, wie es bei Schatten auch im uns geläufigen Glas der Fall ist, in den vielgestaltigen durchsichtigen Gebilden aufhalten oder sie durchdringen. Diese Gebilde sind auch Wesen, die aber nur miteinander kommunizieren, mit anderen reden sie nicht. Eine Ausnahme sind diejenigen die leuchten und sich verfärben. Unter ihnen gibt es solche, die den Inhalt der Bücher als Filmvorführungen zeigen. Die Schattenwesen kommen in Massen dorthin und das verführt sie dazu, immer häufiger den benachbarten Bibliotheksplanet aufzusuchen, bis sie der Lesesucht verfallen. Sie werden davon unruhig und mit ihrem Leben unzufrieden. Sie lesen so lange bis sie auf alles vergessen und sich selber in Bücher verwandeln. Auf solche Weise ersetzen sie die ebenfalls ins Alter gekommenen Bücher, die sich auflösen, in Schatten verwandeln und auf den Glasplanet übersiedeln, wo es sie im jugendlichen Alter massenhaft zu den Glasfilmvorführungen und zur beginnenden Lesewut zieht. Den Besuchern von den anderen Planeten gelingt es in der Regel nicht oder nur durch dressierten Zwang, so sehr süchtig zu werden.

Trotz ausgleichendem Bevölkrerungszyklus vermehrt sich der Bücherbestand, weil die Bücher oft uralt werden, während die Schatten früh der Lesesucht verfallen und bei Entwöhnungskuren seltsame Entzugserscheinungen bekommen. Sie träumen von brennenden Bücherbergen, höllischen Recyclinghallen und schattenlosen Glaswelten voll gleißendem Licht ohne Farben. Mein Besuch im Bibliotheksplanet wäre beinahe nicht zugelassen worden, nachdem die Bücher gegen meine Anwesenheit protestierten, weil es in ganz Neuplanetarien bekannt ist wie es bei uns zugeht. Brennende Bücher, Papiercontainer oder Recyclinghallen gibt es bei ihnen nicht, außer in ihren Albträumen. Es macht ihnen Sorgen daß sich mehr Schatten in Bücher verwandeln als umgekehrt sodaß der Bücherplanet allmählich übervölkert wird und vor lauter Büchern überzugehen droht. Daher gehen sie dazu über, auf anderen Planeten Filialen und Büchereien zu gründen, die langsam zu Bibliotheken anwachsen und sich ausbreiten.

Nicht alle Neuplanetarier sind darüber erfreut. Unter ihnen gibt es Menschenähnliche, die keine Schrift brauchen, weil sie über ein beinahe lückenloses Gedächtnis verfügen sodaß es viel häufiger vorkommt daß sie an etwas nicht denken als daß sie etwas vergessen. Ihre Fähigkeiten, sich in andere hineinzuversetzen sind besser entwickelt als unsere und auf manchen Neuplaneten ist die direkte Gedankenübertragung möglich. Außerdem wissen sie über die Auswirkungen literarischer Weke bei uns Menschen Bescheid und sie kennen die Liste der berühmtesten und am meisten verbreiteten Bücher der Erde und ihre verheerenden Folgen. Dementsprechend mißtrauisch sind sie wenn sich Bücher bei ihnen vermehren, die allerdings ohnehin nicht gelesen werden. Sie werden zu allen möglichen Zwecken verwendet, vor allem als Kinderspielzeug zum Bau von kleinen Häusern und Burgen in ihren Gärten, als Getränkeunterlage für Erwachsene oder als Wurfgeschoße für Jugendliche. Bücherverbote gibt es keine. Nur auf dem Neuplanet mit den am meisten menschenähnlichen Bewohnern werden manchmal welche aus dem Verkehr gezogen, exportiert oder als Ersatz für Dachziegel verwendet. Dort hielt ich mich ungern auf weil ich ständig einen Vorwurf spürte und des öfteren anklagende Reden über unsere Taten und unsere Lebensweise über mich ergehen lassen mußte, während man mir auf anderen Planeten mit allerdings geringschätziger Nachsicht begegnete. Den meisten Bewohnern der Neuplaneten sind wir gleichgültig oder sie finden uns komisch. Da man auf dem Bibliotheksplanet die Bücher nicht künstlich veralten lassen will, denkt man darüber nach, wie man das Leben der Schatten verlängern und das demografische Gleichgewicht herstellen könnte. Zu diesem Zweck versucht man, die Filme der farbigen Glasgebilde knalliger, farbiger und zur Abwechslung düsterer und schauriger zu machen, damit die Schatten auf die Filme statt auf die Bücher süchtig werden. Der Erfolg hängt auch davon ab, ob oder wie sehr sich die farbigen Glasgebilde dagegen sträuben oder nicht.

Sollte aufstehen und den Nachbar besuchen. Seine Wohnung ist größer als meine, er hat die ganze Etage gekauft und läßt mich gratis in meiner Wohnung leben weil ich ihm einst als er noch versponnen und unverständlich schrieb und ihm das Geld ausging etwas geborgt habe. Seit seiner Verwandlung in einen Erfolgsautor ist er computersüchtig geworden und alles ist mit Elektronik vollgeräumt. Bei ihm brauche ich keine Tyrannei von Seiten biestiger Maschinen zu fürchten, ihm gehorcht alles perfekt, es gibt keinen Lärm und kein Geplapper außer er will eines, beispielsweise wenn er mit seinen Geräten Konferenzgespräche führt und ich habe den Vorteil daß ich keinen Einbruch und keinen Überfall befürchten muß, dafür sorgen seine Sicherheitsroboter und Drohnen. Zumindest einmal in der Woche soll ich ihm den Gefallen tun, einen seiner Computer zu benutzen und etwas einzutippen. Nachher kann ich mit dem Gerät tun was ich will und so lang es mich freut.

Die Umwandlung des experimentellen Dichters Gilbert Kronowski in den Bestsellerautor Tim Aberg kam zustande als er eines Tages einen offenbar allzu billigen Computer kaufte, um ihm seine schwerverständlichen Texte einzugeben und zu speichern. Das Gerät hatte die Verbesserungssucht und korrigierte erbarmungslos alles was er schrieb und verwandelte es in eine Aneinanderreihung heute gängiger Ausdrücke und Vorstellungen. Kreativ und hartnäckig verarbeitete der Computer das Wort das zu daß und daß zu das, ersetzte a durch ä, ä durch a, o durch ö , u durch ü, ü durch o oder a, ei wurde zu eu, eu zu au, statt k stand g, er ersetzte Einzahl durch Mehrzahl und umgekehrt, schrieb Eigenschaftworte groß, fügte Buchstabengruppen ein, ließ andere aus, verdoppelte Wörter oder überging sie. Der Computer verbesserte Ich weiß daß ich eine Eule bin zu Isch weis das Isch Eine Beule bit. Schrieb der Autor : Baumkronengebälk im aufkeimenden Frühlicht, war auf dem Bildschirm zu lesen : Raum Klonen Gebäck spin Laufwerk Frühstück. Er improvisierte gern und konnte sich nach der Korrektur nicht mehr erinnern was er geschrieben hatte. Am Anfang war das Spiel noch erheiternd, wurde aber durch seine Hartnäckigkeit und Umständlichkeit immer mehr zum Ärgernis. Als er eines Tages statt : Korkgeröll grilliert bitonal gesplenderte Metallhaarkronengesänge den Satz vor sich sah : Mordgebrüll grillte oralverschleimte geilarschige Knallhaarnervensäge, nahm er sich vor, die veränderten Texte zu sammeln und nach verschiedenen Gesichtspunkten aneinanderzureihen.

Dann kam seine Geliebte Blanca Pironi zu ihm. Sie ist Programmiererin, kennt sich mit dem neutechnischen Ungemach aus, brachte ihm viele verwickelten Zauberkünste bei und beherrscht seither sein geniales Nerdistan. Sie ist oft nachdenklich, wenn sie an den Geräten werkt, versponnen, zwischendurch fröhlich und plaudert oder singt leise vor sich hin. Mit einem Wort, sie ist großartig.

Sie brachte ihm einen Computer nach dem anderen, programmierte in die korrektursüchtige soft ware die Fähigkeit, Handlungsverläufe in die immer brutaler werdenden Aneinanderreihungen einzubauen. Bei der ersten resultierenden Veröffentlichung fiel die Handlung noch etwas dürftig aus, aber die Steigerung von Drogenpartys sexbesessener Sadisten zu einem Massaker mit freihändig dazuergänztem Kauf der Behörden, dem Niedermähen heranrückender Polizeieinheiten, gelungener Flucht über die Grenzen und anschließender Verschwörung gegen die ansatzweise Antilibertinageregierung wurde zu einem ersten Kassaerfolg. Inzwischen wurden selbständig Texte in den Computer schreibende Roboter entwickelt, die ein Verarbeitungsprogramm auswählen, das jeden der von Ihnen hervorgebrachten Texte in die gewünschte Richtung umwandelt. In Frage kommen vor allem Grausamkeiten, esoterisches Selbsterhebungstraining, schwärmerisch blumige Liebesbeglückung und Weltallververnichtungsorgien. Ich soll trotzdem wie einige Kollegen meine Beiträge eingeben, das schadet nichts. Nebenan findet ein Vergleichswettbewerb der zwei Roboter mit zwei Schreibcomputern statt, die selber äußerst verwickelte Texte hervorbringen und als emails an sich selber schicken, deren Inhalt von ihnen sogleich in verkaufsträchtiger Weise korrigiert und gespeichert wird. Beide arbeiten abwechselnd selbständig und gemeinsam, schicken einander einen Teil der unveränderten und dann der veränderten Texte, worauf sie weitere Umwandlungen erfahren. Die Versuche werden mit den beiden Schreibrobotern, den beiden Schreibcomputern und den vier Geräten kombiniert angestellt. Der Vergleich der vielen entstandenen Emails brachte bisher kein eindeutiges Ergebnis. Eigentlich genügt ein Computer, der Texte hervorbringt und sie als emails an sich selber sendet, gleichzeitig korrigiert und die veränderten Fassungen speichert. Aber mein Nachbar läßt sich die Spielereien mit den Schreibrobotern nicht entgehen. Er beschäftigt Teams, die ihn bei allem unterstützen und debattiert ausgiebig über die Ergebnisse. Außerdem streiten sie stundenlang über wissenschaftliche Themen. Blanca, seine Geliebte, beteiligt sich wenig daran und schweigt lieber, denn sie versteht wirklich etwas davon. Ihr Lebenspartner, Tim der Schreibnerd, hat es mit den Genen, die alles bewirken. Er ist der Ansicht daß die gesamte Bevölkerung auf Allergien getestet werden muß damit man in ihren Genen feststellen kann, welche Medikamente für sie geeignet sind und welche wegen der Nebenwirkungen nicht. Denn das ist nicht so einfach mit den Genen, die kombinieren sich zu kompliziertesten Funktionsverschränkungen und was dabei herauskommt ist durchaus nicht immer vorhersehbar. Blanca fragt unschuldig, ob es nicht geschehen kann daß sie dann Medikamente gegen Herzschwäche nicht bekommt weil sie gegen Erdäpfelsalat allergisch ist. So etwas Unverständiges bringt ihn auf die Palme und er schreit so laut daß man ihn nicht mehr

versteht. Seine Teamleute stimmen ihm sicherheitshalber zu oder reden sich auf ihre Unzuständigkeit aus.
Obwohl sie ihm helfen und ihn in seinen Computerwahn noch mehr hineintreiben bringt seine Nerdula Blanca die tollsten Dinge hervor. Wenn ich mich in einen bestimmten Raum begebe, in dem die Schaltkästen an den Wänden bis zum Plafond hinaufreichen, der aus einem komplizierten System von Rohren, Kabeln und Verschalungen besteht, kommt es vor daß ich mich auf einmal in einer großen Höhle befinde, die von unzähligen farbigen Lichtern sanft beleuchtet wird. Es entstehen die verschiedensten Klänge, die ich durch Handbewegungen beeinflussen kann. In einem Nebenzimmer werde ich auf eine Ebene mit beweglichen Figuren versetzt, zwischen denen ich umhergehen kann. Das ist meiner Ansicht nach nur durch die Beeinflussung des Gehirns und des Nervensystems möglich, wahrscheinlich durch Strahlen und feine Vibrationen.

Obwohl sie nicht sein Werk sind prahlt der Bestsellertim mit solchen Sachen. Das ist erst der Anfang ! Ich bin ganz versessen darauf. Dazu muß ich aber aufstehen, mein Bett verlassen und hinübergehen. Später ist auch noch Zeit. Es könnte wieder ein Feuer ausbrechen. Wenn ich hier liege und sich endlich alles beruhigt steht von einem Moment auf den anderen alles in Flammen, mir wird heiß, der stickige Rauch nebelt alles ein. Ich bekomme nicht mehr solch rasende Angst wie beim ersten Mal, ich weiß daß es bald ebenso plötzlich aufhört, aber wer weiß. Wenn es aufhört ist alles mit weißem Schaum bedeckt, der im Nu zergeht und ich bin naß. Tim, der Schreibnerd hat versprochen, meine Wohnung von seinem virtuellen Feuerlöschtest auszunehmen und er hat mir zugesagt es bald zu tun. Als ich aber neulich in seinem Computertollraum 5.2. auf die Reaktionen der Apparate auf meine Eingabeversuche wartete, stand schon wieder alles in Flammen. Ich konnte nach einem Orgelgurgellaut der Maschinerie durch die Wände sehen, denn das gehört zu den Digitalhexereien des Raumes 5.2. und durch die Wände hindurch sah ich entgegen den Versprechungen meine Wohnung neuerlich brennen und mich ratlos drinnen sitzen. Meine Verdoppelung ist eine neue 5.2. Errungenschaft und ich bin gespannt was der neu eingerichtete Raum 5.2.1. für nette Überraschungen auf Lager haben wird.

Es ist Zeit endlich aufzustehen und hinüberzugehen. Die durch ihre Technotricks gefährliche Nähe der genialen Nerdula hat etwas Verlockendes. Natürlich beneide ich den Nerd um seine Freundin, ich wäre auch gern ihr Geliebter, ihm wäre das egal, einen solchen Schoßkindliebhaber fände er als Nebenbuhler höchstens lächerlich und er freut sich wenn er uns zusammen sieht weil er sich dann ungestört seiner Computerspielsucht hingeben kann. Außerdem ist er so nicht der Einzige, der sich wegen ihrer Überlegenheit und der eigenen geringeren Fähigkeiten blamiert.

Jeder Raum hat außer seiner Nummer einen besonderen Namen, damit man sich besser auskennt. Der mit der Nummer 5.2. wird als Mondhintern bezeichnet, den wohl jeder bekommt der süchtig geworden endlos drinnensitzt. Die neue Nummer 5.2.1. - ein ehemaliges Schlafzimmer - heißt Raketenstart, die Nummer X1 mit den kreativen Robotern Schreibzoo, die Nummer X2 mit den konkurrierenden texterzeugenden Computern Dschungelcamp, der Gästeraum für die Hilfsschreiber und das Mitarbeiterteam Tigerkäfig, der für mich Lachkabinet. Die Abteilung mit dem Namen Irrgarten gehört Blanca, niemand außer ihr fände sich dort zurecht und vor dem Aufenthalt darin werden alle anderen dringend gewarnt. Mich hat sie dorthin zu sich eingeladen und seither bin ich geistesgestört.

Im benachbarten Schurlizimmer geht es harmloser zu. Ich nehme einen Stift, halte ihn in die Höhe, quer, er schleudert Blitze durch den Raum bis in weiteste Fernen, die in unmittelbarer Nähe wenn es die gibt sein können, die Wände haben sich aufgelöst, ich mache Kreisbewegungen mit dem Arm und der Stift setzt sie als in den Raum fortrollende oder sich ein und ausrollende Spiralen und Spulen fort, die sich ineinander, aus und durcheinanderringelnd

durchdringen, sich absorbieren und sich nähernd entfernen und entfernend nähern. Gebieterisch hebe ich den dünnen Stab in die Höhe und bewege ihn hinauf und herab um das verwirrende Gekreise rundherum zu beenden.
Darauf setzt es sich fort mit einem zweiten Stift, der zu schreiben beginnt, schreibt und schreibt und mit großer Geschwindigkeit in der Luft vor ihm und mir Zeichen zu Schriftzeilen aneinanderreiht, untereinandersetzt, hervorsprießen läßt. Sind es Buchstaben, Worte, Zeichnungen, ich erkenne es nicht, es hat sich selbständig gemacht, durchdringt mich wie mit Raspeln, Zahnrädern oder maschinellen Signalzeichen, die Lippen, das Kinn entlang sodaß ein Mmmm entsteht Mm mm mm mn mm, die Mmerei und Mnerei erfaßt mich mit sanftem Schaudern, schiebt mich an mn mn wo soll es hin mn mn so hör doch auf mn mn es ist doch zum Lachen ich lache ohne zu lachen mhm mm mmüüuu ! Schurli benimmt dich mmüüuu ! Jetzt ist es eine Banane die um mich herumfliegt, eine herrliche köstliche Banane mm ! Will er denn heute gar nicht vernünftig werden, der Schurli ! Sonst zeigt er mir die schwierigsten Sachen auf solche Weise daß ich sie langsam, sehr langsam zu verstehen beginne. Ich fliege der sich um sich selber drehenden Erde hinterher, dort links ist die Sonne und der Mond umkreist die Erde ungefähr neunundzwanzigmal langsamer als sich die Erde um sich dreht, während er sich in den ungefähr neunundzwanzig Tagen einmal um sich dreht, indem er der Erde immer die gleiche Seite zuwendet. Dabei dreht sich der Mond um sich selber, um die Erde und mit der Erde um die Sonne in der gleichen Richtung wie die Erde um sich selber und um die Sonne, nämlich von oben gesehen gegen den Uhrzeiger. Aber wir sehen nicht wie sich die Erde dreht und wie sich der Mond bewegt sondern er steht einmal da und dann dort. Es ist so kompliziert wie es Kepler in seinem Mondtraum genauestens erklärt hat mit Fußnoten zur Fantasygeschichte eines Fluges zu den Mondgeistern und mit Fußnoten zu den Fußnoten, es wird immer komplizierter und ein Leser wie ich immer verzweifelter vor lauter ihn noch mehr verwirrendem Hinundherblättern von einem Geradenoch oder Schonwiedernichtverstehen und Sichnichtganzvorstellenkönnen zum nächsten sodaß ich dann selber nicht mehr weiß ob ich auf dem Mond, der Sonne, der Erde, oder ob ich der oder im Schurli bin und wer oder was das überhaupt ist der oder das mich hier beherrscht und gefangen oder zum Narren hält. Das ist die harmlose Abteilung.

Das Raketenstartzimmer versetzt mich auf einen der Neuplaneten. Es ist wie ein Wunder daß wir wie dort sind, aber der Neuplanet ist nicht perfekt hergezaubert, er ist anders als ich ihn in Erinnerung habe, denn ich war wirklich dort. - Er ist im Vergleich zu unserer virtuellen Zimmergaukelei nicht so grau in grau und seine Bewohner sind nicht so schemenhaft wie wandelnde Kegel. Sie sind menschenähnlich, größer und kräftiger als wir, sie haben Säbelzähne, verbogene Hörner, einen nach hinten wegstehenden runden Genickhöcker und einen stechenden Blick. Der ganze Planet ist bewohnt, nicht nur an der Oberfläche, sondern das ganze Innere und er ist farbig, denn er wird von Pflanzen beherrscht, die überall für frische Luft sorgen, sprießen, blühen, leuchten, wärmen und kühlen wie es notwendig ist.

Außer mir waren keine Touristen dort, denn der Planet ist ihnen zu fad. Die Krummhörner schauen zwar mörderisch aus und drein, aber sie haben es gern bequem und begehen keinerlei Untat. Ihnen ist gern langweilig, das ist für sie keine unangenehme sondern eine sehr angenehme Empfindung, die sie genießen. Sie wurden schon zweimal zu den harmlosesten und dreimal zu den langweiligsten Bewohnern von Neuplanetarien gewählt. Es ist ihnen zwar nicht wichtig ob sie sich allein oder in Gesellschaft fadisieren, aber sie versammeln sich auch ganz gern, und zwar langsam und lang, um sich gemeinsam in einen gemütlichen Rausch der Langeweile hineinzusteigern. Es ist nicht sehr üblich daß einer allein redet und die anderen zuhören, sondern sie reden in sich hinein und durcheinander, nur manchmal lassen sie einen allein reden um die Fadheit zu einem Höhepunkt zu steigern. Auf dem Weg zu diesem Ziel schläft einer nach dem

anderen ein. Auch wenn viele auf einmal reden können sie was wir nicht können, sie verstehen jeden einzelnen wenn sie wollen oder sie verstehen ihn nicht oder wie sie wollen wenn jemand unverständlich faselt, was ihnen ein besonderes Vergnügen bereitet. Eifernde Lautstärkewettbewerbe wie bei uns, bei denen einer den anderen über den Haufen zu reden versucht gibt es nicht, obwohl sie das könnten wenn sie wollten. Aber sie wollen nicht.
Da schweigen sie lieber gemeinsam bis sie einschlafen. Wenn sie schlafen merken sie sich nicht nur alle Träume sondern auch was um sie herum vorgeht und gesprochen wird, denn das wird im Gedächtnis gespeichert, ist nach dem Aufwachen abrufbar und bleibt in Erinnerung. Diese phänomenalen Fähigkeiten haben sie der Verbindung zur verbreiteten hochintelligenten Pflanzenart der Heißhöllenbäume zu verdanken, die in unzähligen Variationen und Größen vorkommen, von mikroskopischen bis zu verzweigt den Planetenboden und das Planeteninnere mit ihren Wurzeln durchdringenden Riesengewächsen. Seit sie die Verbindung mit solchen Hochintelligenzpflanzen eingegangen sind, vor allem mit den Teufelslaubblütern, die in den früheren harten Zeiten verdammt und verbrannt worden waren, leben sie wie im Paradies. Die Gewächse der trockenblättrigen Dornenstrauchart der Wildwirrwurzler lassen ihnen zuliebe beschriftete Papierblätter wachsen, die sich im Reifezustand zu Heften und Büchern zusammenrollen und sich bereitwillig den Erntenden entgegenstrecken, die sie nur noch abzupflücken brauchen, denn die Krummhörner lesen am liebsten besonders langweilige lange Schriften und lassen sich, um sie lange genießen zu können, mit dem Einschlafen Zeit. Die dicksten Bücher enthalten die grausamsten Geschichten ihrer kriegerischen Vergangenheit, in der sie noch keine Verbindung mit der Pflanzenwelt hatten. Sie kennen diese wahren und erfundenen Geschehnisse, heldenhaften Sagen und ergreifenden Liebesmärchen alle auswendig, all die Streitigkeiten, die sie in den alten Zeiten oft übergingen, um sofort mit all ihrem Haß und ihrer Wut übereinander herzufallen. Die Blendtäuscherpalmen spielen ihnen diese für sie längst nicht mehr furchtbaren Szenen vor, damit sie ihnen ein gemütliches Gähnen nach dem anderen ermöglichen und verlängern und sie nicht zu schnell einschlummern. Für Nahrung sorgen ebenfalls die Pflanzen, die ihnen ihre Früchte entgegenstrecken. Beziehungen, die unseren geschlechtlichen entsprechen, gehen sie mit ihnen selten ein. Trotzdem haben sie alle ein wenig Pflanzensaft im Blut und bekommen hie und da aus der Verbindung mit den üppigen Liebessanglianen Nachwuchs sodaß ihnen keine Übervölkerung droht obwohl sie sehr lange leben.

Diejenigen die am meisten Schlingpflanzensaft im Blut haben steigen zu Göttern auf, die den Planet regieren und nur seine Oberfläche bewohnen, wo die dichtesten Wälder und üppigsten Gärten sprießen. Ich hätte mich dort vollständig verirrt wenn mir die dortigen Navigationseschen nicht geholfen und den Weg gewiesen hätten. Die Götter sind ungefähr zur Hälfte Pflanzen und zur Hälfte Hornisten mit ein paar anderen Beimengungen. Sie haben die halbe Oberfläche zur Verfügung, der Rest der Kontinente und Seen gehört den anderen, die auch die Höhlenwelten im Planeteninneren bewohnen, wo es ihnen durch die Hilfe der Hochintelligenzpflanzen an nichts fehlt. Von Tieren ernähren sie sich selten und vorwiegend dann, wenn bei einer gemeinsamen Mahlzeit jemand noch tierische Nahrung zu sich nimmt, um ihn nicht zu isolieren und den Eindruck der Dünkelhaftigkeit zu vermeiden.

Die regierenden Götter sind unzufrieden damit, ihr Planet ist zu langweilig. Wie stehen sie da in der neuplanetarischen Gemeinschaft ! Daher haben sie wiederholt Gesetze erlassen, die das Morden belohnen und das hartnäckige Nichttöten unter Strafe stellen. Aber womit sollen sie die vollständig gutmütig gewordenen Hornistenherde bestrafen ? Die Ruhe und Langeweile können sie ihnen nicht entziehen, dazu müßten sie den Pflanzen Vorschriften machen und es sich mit ihnen verderben, das ist ihnen nicht möglich und hätte zudem für sie selber verheerende

Konsequenzen, sie wären in kürzester Zeit keine Götter mehr sondern die dümmsten Lebewesen. Daher versuchen sie es mit Überredung. Die gutmütige Friedfertigkeit widerspricht der Tradition, was haben die Krummhörner in den glorreichen früheren Zeiten getobt gewütet getötet und sich gegenseitig aufgefressen, das war eine heilige Handlung, ein Zeichen des Sieges und zunehmender Kraft. Aber dann haben die Pflanzen durch eine selbsterzeugte Genveränderung ihre tödlichen Zorngifte in köstliche Speisen, bekömmliche Geistnahrung und sanfte Rauschmittel verwandelt und mit den Hornisten Bündnisse und Freundschaften geschlossen, worauf sie immer zahmer wurden um schließlich im jetzigen unnatürlichen Zustand zu verbleiben. Das macht den Göttern Sorgen. Immer seltener werden sie zu Staatsempfängen auf Nachbarplaneten und deren Götterkonferenzen eingeladen, sie gelten als rückständig und dogmatisch. Ihr Hornistenplanet könnte der angesehenste und am meisten bewunderte Planet sein wenn sich wenigstens ein Teil der Bewohner zu den früheren Sitten bekehren ließe.

Der gefürchtetste Planet zu werden, die Beherrschung der Nachbarplaneten und Eroberung des dortigen Dreisonnensystems, all das wäre leicht zu verwirklichen. Dazu bräuchten sie die Hilfe der attraktiven verrücktmachenden Dämonenbäume, aber die faden Laubpriesterbäume hüten die Seelen der Pflanzen mithilfe der mit ihnen verbündeten Geister. Der Anteil von Pflanzensaft im Götterblut ist nicht groß genug, um sich bei ihnen einzumischen und sie zu beeinflussen. Die Götter haben Hornistenhierarchien geschaffen je nach Pflanzensaftgehalt, um die mit geringem Pflanzensaftanteil herabzustufen, die mit höherem mit mehr Rechten zu versehen. Aber was nützt es ? Diese blöden Hornviecher bleiben gutmütig und fad. Solange sie ihre Schutzengelbäume haben nützt der ganze Götterzorn nichts und sie lassen sich weder zu Neidgefühlen noch zur Verachtung verleiten. Die Krummhörner finden im Gegenteil zunehmend Gefallen an den von den Göttern erlassenen Gesetzen, vertiefen sich immer mehr ins Rechtswesen, in die juristischen Bücher und genießen die dadurch entstehenden neuentdeckten Räusche der Langeweile.
Mit einem Wort, ich fühlte mich dort richtig zuhause und wäre am liebsten für immer dort geblieben zumal ich so gut schlief wie noch nie und die Krummhörner zusätzlich zum Gähnen brachte, aber sie machten sich Sorgen um mich weil mich die Rechtskunde zu tief in Langzeiteinschlafräusche versetzte sodaß ich zum Dauerlangschläfer wurde und aus meinem Dauerschlaf kaum mehr aufzuwecken war. Die dortigen magischen Pflanzenarten waren mir zu viel und so mußte ich zu meinem tiefen Bedauern schlaftrunken Abschied nehmen ohne mitzubekommen auf welche Weise ich zu welchem Nachbarplanet unterwegs war.

Endlich

schwebe ich wieder im Raum, die Neuplanetarier haben mich geholt nachdem mir meine Haushaltsroboter meine trübsinnige Stimmung verdorben hatten. Jedesmal wenn sie merken daß ich melancholisch werde eilen sie herbei, stimmen fröhliche Gesänge mit aufmunternden Texten an, Wanderundtrinklieder, Werbesprüche und Blödelsongs, oder sie erzählen gar Witze statt sanfte Lieder zu singen und Musik zu erzeugen, die mich noch trauriger macht. Das kapieren sie aufgrund ihrer perfekten Programmierung nicht, einschalten und genießen heißt die Devise der Radiosender. Wenn ich das Gesicht verziehe und grinse, um auf gekünstelt drollige Weise Lustigkeit vorzutäuschen damit sie aufhören, merken sie das sofort, kitzeln und pieksen mich spaßhalber, um die Situation vertraut menschlicher Beziehungen perfekt und mich zur Minna zu machen. Recht haben sie, wer wird sich von mir schon täuschen lassen ? Aber diesmal hatte ich Glück, ich war auf einmal weg, pfutsch. Sie werden in der Wohnung, in der des Nachbarn, im ganzen Haus und in der Umgebung mitsamt den Kellern und im Luftraum nach mir suchen und die Behörden verständigen. Spezialeinheiten werden vergeblich die Stadt durchkämmen. Das alles kann mir nicht viel anhaben, seit der oberste Verfassungsgerichtshof entschieden hat daß es nicht ungesetzlich ist, aus eigenem Willen von einem Moment auf den anderen zu verschwinden. Der eigene Wille liegt zwar nicht vor, aber das können sie mir nicht nachweisen und selbst wenn sie darauf bestehen daß ich eine solche Hexerei nicht allein zustandebringe, können sie nicht beweisen daß es gegen meinen Willen oder in böser Absicht geschah. Obwohl es von mir gelogen wäre weil ich vor lauter Ärger nicht daran dachte und nicht wünschte was ich nicht konnte, nämlich spurlos zu verschwinden. Daß es dennoch geschah ist wohl darauf zurückzuführen daß der neuplanetarische Verumwegungsgenerator die von mir festgestellte Diskrepanz zwischen der virtuellen Versetzung im Raketenzimmer und der realen Erfahrung als Wunsch ausgelegt haben dürfte, zu verschwinden und im neuplanetarischen Weltraum umherzufliegen.

Zunächst bin ich in einem bequemen großen Raumschiff, das zeitweise verschwindet und mich völlig frei zwischen den Sternen schweben läßt, von einer unwahrnehmbaren schützenden Hülle umgeben, die einen zusätzlichen Genuß ermöglicht, ein sonst unbekanntes Gefühl der Freiheit. Daß die Neuplanetarier das alles können ist unter anderem ihren Fähigkeiten zu unbegrenzter Beschleunigung zu verdanken.

Bei der Versetzung in einen entfernten Teil des Universums findet eine Beschleunigung bis nahe der relativen Höchstgeschwindigkeit der Gleichzeitigkeit statt. Die versetzte Person taucht dabei zur gleichen Zeit am Zielort auf in der sie vom Start verschwindet. Wo sie sich oder ein Gegenstand auf dem Weg zum Ziel befindet oder nicht ist umstritten, ebenso ob ein Objekt sukzessive an unendlich vielen unendlich kurzen Stationen auftaucht und zugleich verschwindet, ob der Weg gerade oder gebogen sein muß oder ob sich ein versetztes Objekt nirgendwo zwischen Start und Ziel aufhält. Manche Anhänger der neuplanetarischen Ultrarasereibeschleunigungstheorie meinen daß es überall an jedem Ort, egal wo der ist, zugleich auftaucht oder auftauchen kann und verschwindet, eine Meinung, der von den meisten Theoretikern der gemäßigten Raserei heftig widersprochen wird, während sie alle untereinander darüber streiten ob sich das Objekt vervielfacht oder nicht. Das ist noch nicht die absolute Höchstgeschwindigkeit, denn manche Ultrabeschleuniger unter den Neuplanetariern können nach eigenen Angaben das Tempo noch über die Gleichzeitigkeit hinaus steigern sodaß sie sich selber einholen, weil sie früher am Ziel einer Ortsveränderung ankommen als sie starten. Dann befinden sie sich für eine Weile an zwei Orten zugleich, am Start und am Ziel, sie verschwinden dann vom Start und bleiben am Ziel. Wenn sie sehen oder auf sonstige Weise bemerken daß sie sich verdoppelt haben und sich sowohl vor als auch hinter sich befinden ist das ein Zeichen dafür daß sie sich in Übergleichzeitigkeitsgeschwindigkeit losbewegen werden. Ich weiß nicht ob ich das glauben kann. Was geschieht wenn die Übergleichzeitigkeitsgeschwindigkeit unendlich gesteigert und zur absoluten Höchstgeschwindigkeit wird ? Dann müßte ich seit unendlicher Zeit am Zielort sein und wäre seither dort bevor es mich gegeben hat. Ich wäre unendlich lang am Ziel und mein Leben lang verdoppelt bevor ich loszöge. Oder ? Kann ich in einem solchen Fall über mich stolpern oder mit mir zusammenstoßen ? Einer ihrer Experten erklärte mir daß sie sich nicht selber versetzen sondern nach ihrer Zustimmung durch mir unbekannte Mittel bewegt werden. Sie behaupten sogar daß manche von ihnen in Gleichzeitigkeit eine unendlich weite Strecke durchquerten und sich dabei mit unendlich großer Geschwindigkeit rund um die unendliche Ausgedehntheit herumbewegten, wobei sie zur gleichen Zeit am Ziel des Ausgangspunktes ihrer Reise ankamen zu der sie losflogen. Das habe ich wie ich gestehen muß nicht recht verstanden. Wahrscheinlich gilt dabei der alte mathematische Grundsatz : Das kann man nicht verstehen, das muß man glauben !

Jedenfalls liegt bei mir der Fall umgekehrt. Es handelt sich um die Ausnutzung meiner Naturbegabung zur Langsamkeit. Ebenso wie eine unendliche Beschleunigung ist auch eine unendliche Verlangsamung möglich. Das funktioniert bei mir besser. Ein alter Traum geht in Erfüllung. Ich werde immer langsamer und dann unendlich langsam. Das ist nicht die absolute, sondern die relative Höchstgrenze der Langsamkeit oder Niedriggrenze der Geschwindigkeit, wenn sich nichts mehr rührt mitsamt mir selber. Wenn alles stillsteht kann ich noch langsamer werden und mich in die Vergangenheit zurückbewegen. Bei uns glaubt man in einem solchen Fall daß ich alles noch einmal in umgekehrter Reihenfolge erlebe und in immer schnellerem negativ gerichteten Tempo je weiter ich mich vom Nullpunkt entferne, wenn sich das Ausmaß der Langsamkeit weiter vergrößert. Für den Neuplanetarier eröffnen sich dagegen unzählige Möglichkeiten. Das negative Tempo der Rückwärtsbewegung in die Vergangenheit läßt sich variieren und festlegen wie der damit verbundene Ortswechsel sodaß ich im gleichen Moment am selben Ort ankommen kann, in dem ich vorher von der Erde verschwand. Deshalb muß ich nicht befürchten daß ich in meinem Leben auf der Erde Zeit verliere, denn der Umlenkungsgenerator kann mich von Neuplanetarien genau in den Zeitpunkt zurückversetzen in dem ich dorthinversetzt wurde sodaß ich allerdings sofort wieder den Belästigungen meiner Stimmungshebungsapparate ausgesetzt bin. Ich hoffe daß die neuplanetarischen Versetzungsspezialisten meine Wünschen berücksichtigen und das Tempo meiner Verlangsamung etwas drosseln, damit sich der Momentanwechsel ein wenig verspätet. Sie behaupten allerdings daß auch ein beliebiger Ortswechsel durch eine solche überhöhte Höchstlangsamkeit möglich ist und zwar deshalb weil der erste Moment der Entfernung vom Nullpunkt eines Stillstandes in der verlängerten Gegenwart in die Vergangenheit mit unendlicher negativer Beschleunigung erfolgt wie jede allererste Beschleunigung. In einem solchen allerersten Bewegungsmoment ist ein Richtungssprung des Ausgangspunktes möglich, durch den er einen unendlich kurzen Moment lang in alle, das sind unendlich viele Richtungen zielen kann sodaß die Auswahl einer Richtung möglich wird. Dann befände ich mich, so glaube ich, nach meiner Rückversetzung an zwei Orten zugleich. Diese unverständlichen Gedankeneskapaden sind für mich nur erklärlich wenn sie einen Zugang zum Nurraum haben und sich dort länger aufhalten und besser auskennen als ich. Sie sagen aber daß sich ohnehin alles im Nurraum befindet. Ich frage manchmal ob es auch eine Nurzeit gibt, aber bei diesem Thema sind sie wortkarg.

Wenn durch die Steigerung über die Höchstlangsamkeit des Stillstandes hinaus eine Versetzung in die Vergangenheit in der Höchstgeschwindigkeit der Gleichzeitigkeit möglich ist, könnte auch diese ominöse relative Rückversetzungshöchstgeschwindigkeit übertroffen werden sodaß ich mich dann an zwei Orten zugleich und zu verschiedenen Zeiten befände. Oder an mehreren ? Langsam fängt es an verwirrend zu werden. Sollte die Rückversetzungsübergeschwindigkeit unendlich zur absoluten Höchstgeschwindigkeit gesteigert werden, müßte ich dann nicht für immer in unendlicher Vergangenheit verschwunden sein ? Solche groteske Faxen halte ich nur im Nurraum für möglich. Ich will meine Gastgeber nicht zu viel ausfragen und nehme an daß in dieser Richtung noch keine Versuchsergebnisse vorliegen. Wahrscheinlich verliefen die bisherigen Experimente erfolglos, daher reden sie nicht gerne darüber.

Es ist ihnen ein Anliegen, Besucher durch eindrucksvolle Erlebnisse in Erstaunen zu versetzen, daher lenken sie meine Reise zu einer auch von ihnen häufig ausgesuchten Attraktion, das ist der Museumsplanet. Ein Reisender kann mitten durch ihn hundurchfliegen und zu gleicher Zeit vom ganzen Sternenhimmel umgeben sein, der von den farbigen Lichtern des Museumsplaneten erfüllt ist. Ich weiß nicht wie und warum das möglich ist.

Wenn sich die Besucher nähern, scheint der Planet nicht da zu sein und dennoch schweben sie in die Öffnungsregion des Museums hinein, das sich in Abstand zu ihm befindet, obwohl er aus ihm besteht. Ich nehme an daß es sich um Täuschungseffekte handelt und die Erklärungen derselben die mir zugespielt werden sind mir unverständlich. Es ist ein virtuelles Museum, in dem jeder in seinen ihm bestimmten Bereich gelangt. Jeder dieser virtuellen Bereiche ist für den Besucher unendlich ausgedehnt sodaß ich mich unendlich lang darin aufhalten und mich unendlich weit fortbewegen könnte wenn ich könnte.
Es sprudelt uns aus uns heraus in eine Kapsel, die weitet sich aus, wird zur durchsichtigen Blase, es plätschert uns hinein, wir werden zu Wasser. Alles was in mir ist wird ekstatisch erbrochen, alle Organe, Zellen und Knochen, alle Gefühle, Gedanken, Erinnerungen lösen sich von mir ab, kommen heraus und füllen das aus der Blase entstandene Becken, aus dem das entleerte Ich trinken muß um seinen Ichdurst zu stillen. Das Becken ist ein großes Wasserglas, das entleerte Ich stürzt sich hinein, schwimmt und taucht unter, es trinkt sich voll mit sich selber, die Ichgier läßt mich in mir selber ertrinken, alles weitet sich aus und ich erwache im freien federleichten Flug durch die zu mir gehörenden Weiten. Wenn der selbstfliegende Fluggast in seine Weiten gelangt ohne zu wissen wie heißt es von ihm er ist hereingefallen. Solange er weiß und wissen will wie er hingelangt, zaubert es ihn nicht hin, erst wenn er glaubt, vor lauter Leere zu platzen und nicht mehr weiter weiß während er in sich ersäuft ist er dort wo er hingehört. Auch wenn wir kurz darüber erbost sind daß es so eingerichtet ist denken wir bald nicht mehr daran denn wir sind von mehr als uns selber umgeben. Mehr und immer mehr setzt es sich fort in wimmelnden kleinen Flächen, wirbelnden, dann langsam treibenden Punkten, aus denen immerzu sich verlängernde Linien wachsen, sich verzweigen, krümmen, um sich herumkurven, farbig aufleuchten und leise Geänge anstimmen, die kurz losschnellen, in verschiedene Töne zersplittern, abbrechen, weiterplauschen, verstummen, losschnellen. Jetzt hat sich alles zu dicken, dünnen und feinsten Metallstäben und Spänchen angestückelt. So viele Stangen bilden diese Welt, ich schwebe langsam durch ihre glänzenden und grauen Reihen und an ihnen entlang, sie verlängern sich durch mich hindurch und gleiten sanft weiter, ein kurz anhaltendes Gefühl befriedigender Erleichterung hervorrufend. Jetzt sind es feinst gedrechselte Holzstückchen, gebogen, gekantet, gemustert, mit Rillen, Spalten, Öffnungen, in allen Richtungen sich fortsetzend, mit kleinen und größeren Zwischenräumen zwischen all den Verzweigungen und Verästelungen. Sie durchdringen mich und ich schwebe durch sie hindurch mit einem Gefühl vollständiger Beruhigung und mit allseitigem Verstummen.

Es springt um in eng gebündelte Linien und Rillen, die wie auf sich auseinanderfächernden Flächen ineinander und durcheinander gegeneinander zusammen und auseinanderlaufen. Mein Tempo steigert sich , schneller, immer schneller, so will ich es, während die Rillen vorbeisausen, zu grauer Ebene werden, entfernte und immer weiter entfernte Flächen sich dazuergänzen, sich immer schneller verschieben und ihre Rillen beschleunigt ineinanderlaufen lassen, zu grauen Flächen werden, immer weiter und weiter hinaus. Und ich rase in immer wahnwitzigerem Tempo weiter, alles sehend und fühlend, in ängstlicher Erwartung daß mich ein dichter werdender Nebel einhüllen werde und ausbleiben werde.

Die Geschwindigkeit wird zu groß, ich werde es nicht aushalten. Es ist nicht wegen einem kompakten Hindernis oder vielen feinen Stoffen, wegen der Gefahr eines Zusammenstoßes, es ist die hohe Geschwindigkeit selber, der Gedanke daran, die Furcht davor. Ich bin schneller als ich sein dürfte, das erzeugt eine Panik, ich werde mich auflösen, mich zu sehr ausweiten, diese Vorstellung erzeugt eine Schwäche, ich treibe einer Ohnmacht entgegen. Aber es geschieht das Gegenteil, ich ziehe mich zusammen, zische durch gigantische Räume, werde fest und eckig, bin auf einmal aus kantigen Metallblöcken zu einer kompliziert geformten Maschine

zusammengesetzt. Blitznadeln leuchten auf zischen davon und heran, treffen in kleine Lichtpunkte zersplitternd auf, surren, kratzen an der Oberfläche wie Schweißgeräte oder Stromabnehmerbügel an Oberleitungen, dringen ein verschwinden. Ganz kurz wird es brennend heiß, dann empfinde ich nur noch sich verdichtende Härte, die sich zu einem langen dünnen Zylinder ausstreckt mit einer spitz auslaufenden Kapsel vorne dran. Ich bin eine Rakete geworden, rase einem vorprogrammierten Ziel entgegen, sie haben mich getäuscht, von wegen virtuelle Welt, sie haben mich aus meinem angeblichen Museumsteil herausgeholt, sie können das, jetzt bin ich auf dem Weg durchs Weltall, rase der Erde entgegen, um sie zu zersprengen, die Bewohner alle zu töten, das ist ihre Absicht. Ich muß mich aufhalten, den Kurs ändern, aber ich kann nicht, bin vorprogrammiert, rase weiter, nicht ohne ein großartiges Gefühl der Schadenfreude hinter dem Entsetzen. Haben wir es nicht verdient ? Wie schaurig verlockend ist doch die größtmögliche Zerstörung ! Aber dann sind wir alle hin, das heißt auch ich selber ! Trotz der Gier, mich in die kompakte Masse des Planeten hineizuwühlen packt mich eine rauschhaft gierige Angst wie vor dem endgültigen tiefen Absturz. Da vorne ist ein Punkt zu sehen, er wächst zu einem Ball, in dem es wurlt.
Der Ball wächst, wird zu einem verdichteten Gewurl von Punkten, Strichen und Würmern. Ich nähere mich, bohre mich mit aller Gewalt hinein, will es auflösen, das umhersausende Gewürm, die schwärmenden sprudelnden Punkte. Ich will was ich muß, ich dringe ein, zersprenge alles, es explodiert in alle Richtungen, umschwirrt mich, hüllt mich ein, bildet ein bewegtes sich verschiebendes Gestänge das sich zerteilt, in unzählige Spangen verwandelt, in Ringe, Büroklammern, Spiralen, Spottlieder singend und hämisch rufend, während sie mich umkreisen, sich anheften. Ich verfange mich in ihnen und kann nicht mehr heraus, bin keine Rakete mehr sondern ein verzweigter Wurm mit Tentakeln, kaum zwänge ich eines meiner vielen Beine durch eine Schlinge, verfangen sich andere umso mehr, der Versuch alles abzuschütteln mißlingt, Kreiseln umschwirren mich, werden zu tausenden Kästen, deren vordere Klappen aufspringen, worauf aus jedem ein Kuckuck herausschnellt und erschreckend laut Kuckuck ! schreit. Kuckuck ! -- so schreit es ohrenbetäubend aus allen nunmehr blümchenundblätterbestickten ringelreiatanzenden Urheimatrichtungen, Riesenwecker ratschen und verkünden Ohrfeigen und Dankbarkeitsgedenken, wo bin ich, wer oder was bin ich. Jetzt weiß ich nicht mehr, bin ich noch rasend schnell oder stehe ich still, sanft und langsam schwebe ich in der Leere, alles andere ist verschwunden. Die Riesenangst kehrt zurück, denn diese Geschwindigkeit könnte die Höchstgeschwindigkeit sein und das wäre das Ende. Aber nun ertönen sanfteste Weisen, ein Lufthauch trägt mich und senkt mich herab auf eine unsichtbare Wiege, leise Gesänge beruhigen und trösten die geschundene Seele, himmlische Leichtigkeit umgibt mich und fühle ich wie in frühen Kindesträumen, wie dort erscheinen sanfte klare Lichter, schwinden wieder, etwas murmelt mich in den ersten Schlummer und ich erwache erholt und beruhigt inmitten eines blauen Himmels, der sich als leuchtende Wand herausstellt und eine angenehme aber ein wenig zu gleichmäßige Stimme sagt :

„ Wir mußten Ihren Aufenthalt in Ihrer Welt unterbrechen, weil er sich für Sie zu aufreibend herausstellte. Sie haben sich zu sehr hineingestürzt. "

Und ich dachte schon, mit meinen Riesenkräften könnte ich die Erde zersprengen und neu zusammensetzen ! Welch ein Glück daß daraus nichts geworden ist. Jetzt muß ich froh sein wenn ich mich mit fremder Hilfe wieder erfange.

Ein Phantomtext im Niemandsraum

Langsam schlafe ich ein. Mir träumt daß ich zuhause im Wohnzimmer vor meinem Schreibtisch sitze und daß ich hohe Töne erzeuge, indem ich mit den Fingernägeln mit leichtem Druck an den oberen Kanten der Tischplatte auf und niederstreiche, ähnlich wie der Bogen einer Geige auf einer ihrer Saiten streicht, aber nicht mit den scharfen Nagelspitzengrenzkanten mit denen man kratzt, sondern mit den leicht gewölbten Nagelrückenflächen, wobei sie quer zu den Tischkanten auf ihnen schräg hinauf und hinabstreichen und zwar in der Richtung vom Nagelbett zu den Nagelspitzen, die Finger bewegen sich mit den Nagelrücken quer zur Tischplattenkante auf und ab, aber nicht mehrere auf einmal, sondern einmal mit einem Nagel über die Kante vor mir, dann mit einem über eine Seitenkante. Die Töne sind sanft und hoch klingend, gläsern oder metallisch, ähnlich wie bei einem Triangelton, aber ohne den ersten Anstoß, wie ein Ing, ein Ping ohne P, oder wie sanft aneinandergeschlagene Gläser ohne den Anschlag als ein fortgesetztes leises hohes Singen. Das Ling des Klingelings.

Statt in meinem Wohnzimmer komme ich in der Nachbarwohnung im Tigerkäfig zu mir, in einem der mit Computern vollgestellten Räume, in dem ich meine Texte in einen der Computer eintippe, der sie zu verwertbaren Geschichten verramscht. Offenbar wurde ich wegen mangelnder Eigenparallelwelttauglichkeit hierher zurückversetzt, hocke wie so oft vor einem Monitor und schreibe. Aber bald (für meine Begriffe) merke ich daß nicht ich etwas in den Computer schreibe sondern er schreibt mit mir. Ich bin festgebannt und tippe auf seinem keyboard in ihn hinein was er will und nicht was ich will. Offenbar hat er mit seiner selbstlernenden software gelernt, welche Texte für ihn am besten geeignet sind, um von ihm weiterverarbeitet zu werden und erbringt damit den Beweis daß ich zum Schreiben bald nicht mehr nötig sein werde, weil er es besser kann. Anscheinend braucht er mich vorerst noch, denn ich kann nicht weg und muß schreiben und weiterschreiben.

Das ist mir zuwider aber mein Trotz hilft nichts. Außerdem ist es unangenehm weil ich müde werde und sonst immer von Zeit zu Zeit eine Pause einlege, was ich jetzt nicht kann. Unter Zwang mache ich weiter und frage mich entsetzt, wie lange das noch so weitergehen wird. Natürlich hat mein Nachbar längst Computer entwickelt die sich selber einschalten und nicht nur gemäß einer vorprogrammierten Zeit sondern wenn und wann sie es selber wollen. Das ist nicht einfach ein stand by sondern mehr. Trotzdem könnte ich das Gerät wahrscheinlich ganz abschalten wenn ich könnte, aber erstens weiß ich natürlich wieder einmal nicht wie das geht und außerdem stehe ich unter dem Zwang weiterzuschreiben. Die Texte die ich immer schneller wie eine Maschine in die Maschine tippe sind mir noch unverständlicher als die eigenen. Der verheerende Vorteil besteht darin daß ich zwar auch jetzt meine Schreibfehler übersehe, aber sofort gezwungen bin sie zu korrigieren und ich mache oft ärgerliche, bei denen ich von einem zum nächsten stolpere und serienweise meinen Unsinn ausbessern muß, wobei ich mich wieder vertue. Der Apparat zwingt mich dazu, meinen zu seinem Unverständlichen dazuergänzten Unsinn zugunsten seinem zu eliminieren. Es vergehen die Stunden, ich werde immer verdrossener und wildeifriger immer weiterzuschreiben, um vergeblich zu versuchen, den am meisten verbesserten allerbesten Unsinn einzuholen und zu übertreffen. Das Schreiben funktioniert immer mechanischer und beinahe besinnungslos, dahinter taucht im Zorn die Idee auf, der Nachbar könnte sich boshaft gegen mich verschworen haben. Sogar seine vortreffliche Lebensgefährtin habe ich in Verdacht, vielleicht stecken sie unter einer Decke und probieren ihre neue Entwicklung an mir aus ohne mich zu informieren oder vorher um Erlaubnis zu fragen.

Der Verdruß wird anscheinend wieder als Versetzungswunsch ausgelegt, denn im nächsten Moment, wie mir scheint, aber das weiß ich natürlich nicht sicher, nach einem kurzen oder längeren von mir nicht erinnerten Weggetretensein komme ich in der Drachenfliege, das ist eines der Vergnügungsraumschiffe der Neuplanetarier zu mir. Der Zorn auf den Nachbar ist verflogen, denn es könnte sein daß sich seine Maschinerie selbständig gemacht hat und der Ärmste ist ihr nun ausgeliefert. Daß sie sich selber einschalten kann ist mir nicht neu, dazu braucht sie eine zusätzliche Erlaubnisschaltung, er hat mir versichert daß sie bei Ausschaltung derselben nicht in der Lage ist, sie zu umgehen. Nur bei Ausschaltung dieser Sperre im ausgeschalteten Gerät kann sich der Apparat selber einschalten, indem er seine Selbstentscheidungsfunktion freigibt. Die Sperre ist keine eingeschaltete Zusatzfunktion im ausgeschalteten Gerät, sondern sie besteht bloß darin daß die Erlaubnisschaltung zur Entscheidungsfunktion zwar einprogrammiert ist, aber nicht in Gang kommt. So oder ähnlich stelle ich mir das vor, nach dem was ich darüber gehört habe. Vielleicht hat der Nachbar einfach vergessen, die Erlaubnisschaltung auszuschalten sodaß sie im ausgeschaltetrn Gerät weiter wirksam bleibt. Wieso weiß ich nicht. Der Teufel hat das alles erfunden. Von mir aus. Leider hat er mich nicht eingeweiht, sonst säße ich mittendrin und wüßte was die heutige Welt in Verwirrung bringt und wie man das macht.

In der Drachenfliege, dem großen bequemen Raumschiff reise ich durch den neuplanetarischen Weltraum. Vorerst will ich nur auf der den dortigen Mondlandschaften nachgebauten Riesencouch weiterschlafen und mich von der zwanghaften Schreibplagerie nein Schreibplagerei erholen. Meinen Nachbar habe ich nicht mehr unter Verdacht, sogar meinen säkantrobotischen Haushalt nehme ich nichts mehr übel und denke daran, wie stur pedantisch ich in meiner Schreibwut geworden bin. Wer weiß was so einem Schreibroboter einfällt, er nutzt meine Schreibwut aus und ist selber in wilde Begeisterung geraten, die er mit mir teilen will. Mein Nachbar sagt daß die Einprogrammierung von Gefühlen und der Fähigkeit solche zu empfinden (nicht nur vorzutäuschen oder zum Ausdruck zu bringen) noch lange Schwierigkeiten bereiten wird, während er ein anderes Mal behauptet daß solche schon längst keine Rolle mehr spielen. Sein großes Ziel besteht darin, einen Roboter zu entwickeln, der sieht, hört und selbständig denkt sodaß er mit gewissen Einschränkungen über geistige Fähigkeiten und Eigenschaften verfügt und sein geistiges Leben vom Bewußtsein eines Menschen kaum mehr unterschieden werden kann. Ich muß wohl etwas ratlos skeptisch dreingeschaut haben. Mit dem Gefühlsleben, das mit unserem komplizierten physiologischen Dasein zusammenhängt wird das nicht so ohne weiteres möglich sein. Einmal ist er selber verzagt, dann zuversichtlich. Jedenfalls ist eine Vorrichtung nötig, die Inhalte bewahren, speichern und wieder hervorholen kann, um etwas wie das Gedächtnis zu ermöglichen. Mit dem Denken sind offene Fragen verbunden.

Das Bewußtsein wird vom Denken von mindestens zwei Seiten behandelt. Die eine versucht das Bewußtsein vom Bewußtsein her zu begreifen. Es macht sich selber zum Gegenstand und sucht in sich Grundvoraussetzungen für das Seelenundgeistesleben und das Erkennen von etwas. Eine besteht im Gedächtnis. Wir erinnern uns und können vergleichen was uns geschieht, was sich verändert und auf uns zukommt. Das geschieht wie von selbst und fällt uns normalerweise kaum auf.

Wir können etwas von anderem unterscheiden, gleichzeitig denken und beurteilen wir es, wir fühlen dabei etwas. Das alles hat zur Voraussetzung daß wir die Fähigkeit dazu haben, auf unsere Weise zu beobachten, zu fühlen und zu denken. Das Bewußtsein hat das Bewußtsein zur Voraussetzung das uns nicht bewußt ist. Es nimmt auf was auf uns einwirkt, es erzeugt auf seine Weise die Dinge, die es beobachtet und erkennt und hat darüber hinaus eine rein aktive Seite, es entwickelt von sich aus Ideen und Vorstellungen, Träume, es bringt Bilder, Geräusche und Töne ohne Außeneinwirkungen hervor und das wahrscheinlich schon vor der Geburt. Es ist nicht rein passiv indem es das von außen Kommende aufnimmt, sondern es richtet die Aufmerksamkeit darauf und bringt selber etwas hervor. Oder es gäbe im Seelenleben einen Teil des Bewußtseins, der alles aufnimmt, beobachtet und feststellt daß es auf irgendeine Weise da ist. Oder es wäre selber etwas das alles hervorbringt und in sich aufnimmt mitsamt der Objektwelt, den Träumen,

Ideen, Irrtümern, Halluzinationen, Vorstellungen und Erinnerungen, und dabei so klein als ob es nicht vorhanden wäre oder irgendwie anders. Dabei denkt es über sich hinaus in das ihm Unbekannte. Und oder es faßt sich selber als etwas auf, das nur das objektiv Bestehende konstatiert.

Die andere entgegengesetzte Methode überspringt vorerst das Bewußtsein als erzeugenden Faktor und denkt das Erkennen, Denken, Fühlen, Träumen, Sichvorstellen von der objektiven Seite her. Das führt wie alles zu gewissen Wunderlichkeiten. Wenn es als ein Kastel vorgestellt wird, auf das Sinnesreize einwirken, die im Kastel ein Abbild der objektiven Gegebenheiten erzeugen, wird das durch ein Signal den Prozeß des Wahrnehmens Auslösende vereinfachtend zum Erzeugenden. Der Reiz wirkt auf das Hirnkastel und das Kastel bringt die Wahrnehmug des Gegenstandes hervor. Das Wasser kommt nicht von der Quelle sondern es wird vom Wasserhahn erzeugt. Irgendwie ja, aber eigentlich doch nicht. Die Wahrnehmung wird dadurch erzeugt daß der Sinnesreiz aufgefangen wird, worauf das Gehirn mit dem Nervensystem und all den Nervenzellen und ihren Verbindungen auf kaum durchschaubare Weise das Wahrgenommene hervorbringt. Das Auge wird beispielsweise als Teil des Gehirns gedacht und überall scheint auf kaum erkennbare Weise ein Strom zu fließen, der komplizierte Prozesse und Magnetfelder hervorbringt. Jetzt erzeugt das Gehirn das Bewußtsein. Der Beweis besteht darin daß jemand der einen Stein auf den Kopf bekommt bewußtlos wird, so stand es in einem Psychologielehrbuch ! Jetzt wird das Wasser von der Wasserleitung erzeugt. Wenn sie gestört ist, kommt kein Wasser, daher bringt sie es hervor. Nachdem auch das ungehörig ist sagt man nur noch der Einfachheit halber daß die Gedanken im Kopf entstehen, bevorzugt wird aber eine Formulierung, die bedeutet daß im Gehirn die begleitenden Voraussetzungen oder Bedingungen für das Empfinden, Denken, Fühlen und Träumen liegt.

Ideen kommen auf einmal aus einem Unbekannten und verschwinden wieder darin, können wieder hervorgehoben werden oder nicht, dann kommt das auch bei mir so beliebte Vergessen zustande.

Eine grundlegende Schwierigkeit liegt darin daß es für uns keinen Weg zu geben scheint, der von der Vorstellung von Nervensystemen, elektrischen Vorgängen oder Ähnlichem zur Farbe grün, zu einem Quadrat, einem Ton, einer Erinnerung, einer Idee führt. Ganz abgesehen von der Kompliziertheit der Vorgänge im Nervensystem gelangen wir von dort nicht zum subjektiven Empfinden, zum qualitativen Unterschied außer dadurch daß wir die Kluft überspringen oder beides gleichsetzen, das Nervenzellensystem und den Bewußtseinsinhalt. Dann setzen wir Unterschiedliches gleich, das geht nur zu Versuchszwecken, aber etwas sträubt sich dagegen, es überzeugt nicht. Wir haben nur das Leitungssystem, nicht den Inhalt. Es müßte noch etwas geben, als Träger des Inhaltes, vielleicht etwas Feinstoffliches oder sonst etwas.

Wir werden versuchen uns als Apparat aufzufassen und das stößt auf Schwierigkeiten. Könnte ein Apparat subjektiv empfinden ? Oder sollen wir uns in zweifelhafter Weise auf Signalundreflexwesen reduzieren ? Seit es die Schachcomputer zur die besten Spieler übertreffenden Meisterschaft gebracht haben, was von vielen kaum für möglich gehalten wurde zweifeln wir mitunter an Unmöglichkeiten. Das Gerät denkt, entscheidet, es hat strategische Konzepte einprogrammiert und realisiert sie aus den gegebenen Situationen heraus. Es hat eine Energiezufuhr. Wie wir, nur eben anders.

Probieren wir es halt und konstruieren wir in Gedanken einen Apparat, der uns vielleicht ähnlich werden könnte. Er braucht ein Gedächtnis, einen durch den Apparat selbst aufrufbaren Speicher, das scheint nicht unmöglich zu sein. Zu all den verzweigten Funktionen und Systemen brauchen wir wohl, um eventuell zu subjektivem Erleben zu kommen, ein zusätzliches Modul mit einem Teil, der dazu imstande ist, all die Informationen von den anderen Teilen zu registrieren und zu speichern oder zur Speicherung weiterzuleiten, aber auch die aktiven Fähigkeiten des Bewußtseins anzuregen. Wie so oft ersparen wir uns, solange ein solches Unternehmen scheitert, eine Menge theoretischer und praktischer Probleme und Folgen. Sollte es realisierbar werden, ergeben sich sogar moralische Probleme daraus, die wieder einmal unentschieden bleiben könnten. Hätte ein solches Ding ein Bewußtsein ? Können wir ausschließen daß materielle Dinge etwas enthalten das auf elementar materieller Ebene dem entspricht ? Oder daß wir eigentlich nichts wissen und im Unbekannten wurzeln ? Sind wir nicht physiologisch materielle Wesen, in denen die Psyche drinnensteckt ohne zu wissen wie und warum ?

Das denke ich und stecke voller Zweifel. Mein Nachbar, der Schreibnerd, will nicht viel davon wissen. Er schreitet zur Tat und weiß nicht was er tut. Die Resultate sind dementsprechend und haben etwas mit gemischten Gefühlen zu tun.

In Neuplanetarien sieht die Sache ganz anders aus. Die dortigen hochintelligenten Roboter werden von den meisten Neuplanetariern als Lebewesen anerkannt und sind fast überall in den Weiten der von sonstigen Intelligenzwesen bewohnten Regionen und Himmelskörpern anzutreffen und wie sie kommen sie in allen Gestalten, Sorten und Größen vor. Obwohl es dort ebensoviele Meinungen über sie wie über alles andere gibt, bezweifeln nur wenige daß es sich um empfindsame, denkende, erkennende Subjekte mit Selbstbewußtsein handelt und sie werden auf den meisten Planeten und in ihren Zwischenregionen mit den natürlichen und den verzweigten künstlichen Weltraumgebilden geschätzt, verehrt und dürfen nicht diskriminiert werden. Verachtet werden sie schon lange nicht mehr. Darüber gab es in der Vergangenheit heftige Auseinandersetzungen, die neuen sich weiterentwickelnden Lebewesen wurden demoliert, gestohlen, entführt, auseinandergenommen und falsch zusammengesetzt. Seither gibt es auf manchen Planeten funktionsgestörte Irrgänger und geniale Mutanten, die alles bisherige an Fähigkeiten übertreffen. Nach langdauernden Konflikten wurden für sie eigene Republiken auf neutralen Himmelskörpern geschaffen, auf denen von Experten versucht wird, ihre Funktionsweise zu ergründen, weil man die Berichte und Beschreibungen der Untersuchungen, die von den Geniewesen an und über sich selber vorgenommen werden, nicht versteht.

Während sie von den entfernten Erdbewohnern als wunderliche, falsch programmierte Fehlkonstruktionen eingestuft werden, zweifeln hier in Neuplanetarien nur noch wenige daran daß es sich bei solchen Robotern um besonders intelligente Lebewesen handelt, sie werden verehrt und bewundert und zeitweise kommt es in der einen oder anderen Region zu übergeschnappten Begeisterungswellen, deren Wogen zeitweise bis zur Raserei überschwappen. Dann sorgen wieder Berichte über einzelne rasend gewordene Irrgänger, die auf die Geniemutanten oder andere Irrgänger losgehen für Entsetzen und Verwunderung, vor allem wenn Geniemutanten der Zerstörungswut verfallen und sich als besonders gefährliche Irrgänger herausstellen. Solche Konflikte werden von den Bewohnern dieser Republiken gelöst, jede Einmischung von außen ist verboten und erfolgt nicht.

Wie sie und all die anderen in den anderen Gegenden lebenden ursprünglich robotischen Intelligenzwesen zustandekamen und warum es sie gibt ist nach wie vor ungeklärt. Zwei vorherrschende Meinungen stehen einander, wenn auch oft vermischt, gegenüber. In Altneuplanetarien überwiegen die Theorien, die von Mutationen ausgehen, von Entwicklungssprüngen durch Kreuzungen verschiedener Sorten, von Wirkungen von dem was unseren Computerviren entspricht, oder von selbstprogrammierten Umwandlungen, die gewollt oder außer Kontrolle geraten sind oder beides durch Herumexperimentieren. In Jungneuplanetarien dagegen herrscht die Überzeugung daß sich Dämonen und verschiedene Arten von Geistern über die Maschinen hermachten sodaß sie zu dem wurden was sie sind, wobei sie nun den Prozeß der Weiterentwicklung anregen, beeinflussen oder steuern. Manche vermuten

daß sie die Technowesen zu Göttern machen wollen, andere glauben an eine Verschwörung, die sich gegen die Urbewohner richten wird und es wird heftig deswegen gestritten, wenn ihnen gerade sonst kein Grund dazu einfällt. Die Konflikte werden dadurch gemildert daß von der Mehrheit der Jungneuplanetarier die zu hochentwickelten Subjekten mutierten Maschinenwesen als Wunder angesehen werden, denn bei ihnen herrscht der Wunderglaube. Daß es sich um ein Wunder handelt ergibt sich daraus daß es sie gibt. Infolgedessen ist auch das Raumschiff, in dem ich durch ihre Weltraumgegenden reise eines. Seine Leistungen sind grandios, da es virtuelle Personen hervorbringt, die es telepathisch steuern und programmieren. Es zeigt nahe und ferne Himmelsgegenden und deren Objekte, die vor dem Reisenden auftauchen, manchmal bis ins kleinste Detail. Die virtuellen Programmierer erscheinen zeitweise in allen geometrischen, symmetrischen oder unregelmäßigen, winzigen bis großen Gestalten und werden wieder unsichtbar.
Das wirkt natürlich etwas übernatürlich. Sonst halten sie sich im Verborgenen auf und verfallen mitunter sonderbaren Ideen sodaß mein Wunderraumschiff einen gewissen Eigensinn entwickelt. Mein Riesenbett hebt sich auf der einen Seite, senkt sich an einer anderen Stelle, es hebt und senkt mich, ich schaukle hin und her. Das neckische Treiben erinnert mich an ein Wellenbad, das ich in meiner Schulzeit ängstlich und zögernd aufsuchte. Im tiefen Wasser hoben und senkten sich die Köpfe all der guten Schwimmer auf der wogenden grauen Oberfläche, manche versanken und verschwanden, da und dort tauchten Köpfe wieder auf. Ein Spiel tüchtiger Leute, wie es im Leben sein soll, während ich recht hilflos und hektisch mit den Armen herumruderte wie jetzt auf dem großen Bett, das mich nach oben wirft und plötzlich wird die künstliche Schwerkraft ausgesetzt sodaß ich dem Plafond entgegenfliege, die Arme ausstrecke und die Finger der Hand spreize. Vor dem Aufprall wird die Schwerkraft wieder eingeschaltet sodaß ich wieder nach unten sause, aber das Bett ist verschwunden. Das wird eine schmerzhafte Landung ! Doch der Fußboden gibt nach, er ist elastisch geworden wie ein elastisches Sprungtuch, er wirft mich wieder nach oben, langsam reicht es jetzt. Das heitere Spiel setzt sich noch eine Weile fort bis es aufhört und ich mitten im Raum schwebe oder wie soll ich sagen, stehe ? Aber ich stehe nicht, jedenfalls nicht wie üblich auf festem Boden und kann rudern und strampeln soviel ich will, ich komme nicht weiter. Das beschäftigt mich nicht lange, denn es brummt, vibriert durch meinen Körper, ich erzittere, es hört auf und es leuchtet ein grandioser Lichtundklangtusch von Sternen in allen Farben und Tönen in allen Tonarten auf, jubelnde Flammen durchdringen und wärmen mich bis alles rasselnd, rieselnd und sirenenplärrend auf mich drauf und zusammenstürzt. Dann läßt es nach, klammert und scheppert noch ein wenig aus und hört in sanften silbernen Lichtern zergehend auf. Jetzt wird es angenehm ruhig und klar.

Die Sicht weitet sich aus, das Raumschiff bewegt sich durch einen abgelegenen Teil des neuplanetarischen Komos. Neuplanetarien ist jene weit entfernte Region im Weltall, in der irdische Astronomen Planeten mit Lebrwesen nachweisen konnten, die sich zum Teil als gescheiter als wir herausstellten und die über uns schon seit langer Zeit Bescheid wissen. In jenem abgelegenen Teil von Neuplanetarien, durch den mich das Raumschiff gerade befördert sind große Gebilde kaum zu sehen. Ich ruhe mitten in meinem Aufenthaltssaal auf einer bequemen unsichtbaren Hängematte zwischen dem Boden und dem Plafond, die künstliche Schwerkraft läßt mich sanft und halb aufrecht aufliegen wie in einem komfortablen Lehnstuhl. Die Wände sind nicht zu sehen, ich bin vom Weltraum umgeben als wäre ich draußen frei fliegend, das Wunderfluggerät zaubert die weite Umgebung her und mich hinaus in sie hinein, während ich hier drinnen schwebe. Manchmal erscheinen Schriftbilder mit Zeichnungen, die mir modellhaft erklären und zeigen wohin die Reise geht, in welcher Entfernung zu den Sonnensystemen mit den mir schon ein wenig vertrauten Planten und den vielen mir noch unbekannten. Pfeile deuten auf Nebelregionen, Schriftzüge informieren über die Staubkörner und Partikel, aus denen sie sich zusammensetzen, weisen auf Gesteinsbrocken und auf die besonders weit entfernten Sterne, die vereinzelt zwischen den Nebelfeldern zu sehen sind. Vor mir scheint völlige Leere zu sein, nur daß manchmal Lichter aufblitzen sodaß ich nicht sicher bin ob sie dort draußen flüchtig aufleuchten oder ob sie von mir selber stammen, ob irgend etwas in mir sie erzeugt.

Die dunkle Leere vor mir scheint sich ineinander zu verschieben oder ich tue das, vielleicht wie ein Fernrohr zusammen oder auseinandergeschoben wird. Die Entfernung wird verringert, das weit Entfernte herbeigezogen, Lichtpunkte tauchen auf, verschwinden, bleiben länger, Äderungen gehen von ihnen aus und lösen sich auf. Einer der Punkte bleibt, die anderen sind weg oder nur noch andeutungsweise im allgemeinen Flimmern der Umgebung oder der Augen erkennbar.

Der Punkt bleibt zunächst winzig, vergrößert sich dann, wird schwarz, zu einer kleinen Kugel, die Ecken bildet, sich verformt, schnell in verschiedene Richtungen auseinander und zusammenzieht, sie leuchtet auf, glänzt, ermattet, wird bleich, verschwindet beinahe, das Objekt scheint sich zu nähern. Plötzlich ist ein ausgedehntes, vielgliedriges Gebilde zu sehen, ein zerklüfteter Himmelskörper als kompliziertest geformtes technisches Ding, als hätte jemand gotische Säulen, Bögen und Türme ins All gezaubert, Maschinenpläne oder die Darstellung von Leitungen, Zellen, Organen in Pflanzen oder sonstigen Wesen. Immer genauer wird das Gebilde gezeigt mit seinen Verzweigungen, immer kleinere Teile sind genauestens erkennbar in aller Kompliziertheit neben einfacheren flächigen Abschnitten, die sich unscheinbar sprunghaft zu verändern scheinen sodaß ich nicht weiß, ob ich sie mit meinem Hinschauen verändere oder ob sich das alles selber erweitert, verformt, andeutungsweise färbt oder mit Schatten überzieht. Das Gebilde ist, wie mir jetzt angezeigt wird, ungefähr so groß wie unser Sonnensystem bis zu den äußersten Grenzen, das sind vereinfacht ungefähr 10 Milliarden Kilometer im Durchmesser. Von der Sonne bis zum nächsten Nachbarstern proxima centauri beträgt der Abstand grob gerechnet circa 40 Billionen Kilometer, wenn ich mich nicht irre. Nehme ich in einem Modell für das Sonnensystem einen Millimeter, dann befindet sich proxima centauri 4 Meter weit weg, Platz genug damit sich dazwischen allerhand ansammelt. Hier in diesem neuplanetarischen Niemandsraum ist der Abstand zu den nächsten Sternen mehr als zehnmal so groß und mitten in dieser verlassenen Gegend sind mehrere sonnensystemgroße Himmelskörper verstreut oder lose aneinandergereiht und sie unterscheiden sich der Form und der Größe nach. Sie sind nicht wie Planeten oder Asteroiden sondern enorm zerklüftet, kömpliziert, durchlöchert oder kompakt, wie mechanisch maschinell, organisch oder auf sonstige Weise verwickelt, verkastelt, verhakelt, kristallisch räumlich vernetzt, liniert und alles durcheinander. Die äußere Gestalt ist selten kugelig, würfelig oder dergleichen, sondern da so dort so und unregelmäßig wie das Innere. Es bewegt sich immerzu etwas an verschiedenen Stellen, unscheinbar, abrupt oder langsam. Es tut als ob es sich nicht bewegt.
Das Gebilde dem wir (das Raumschiff, die Drachenfliege , seine virtuellen Wesen die sich nicht zeigen und ich) uns nähern hat winzige Löcher, die gigantisch weit und groß werden sobald wir dort sind, wir schweben hinein (innen im Raumschiff schauen ist durch den virtuellen Zauber für mich wie außerhalb desselben sehen), alles ist gigantisch groß und bis in die winzigsten Details gegliedert, unbeweglich beweglich, es lockt mich weiter hinein, hindurch wie durch farbig glänzende Drahtgeflechte, es ist ein schweigsamer ernster Empfang.

Unter uns Erdbewohnern ist für solch ein wundersames Gebilde die irreführende Bezeichnung Roboterfriedhof üblich geworden. Vermeintlich verstorbene Roboterwesen wurden in früheren Zeiten als ausrangierte Maschinen hierhergebracht und als Schrott abgelagert. Nach einer Weile hat sich gezeigt daß sie weiterleben, sich weiterentwickeln und verzweigte räumliche Gebilde hervorbringen. Zunächst wurden sie von Roboterwesen aufgesucht, die ihre vermeintlich verstorbenen Begleiter und Vorfahren ehrten wie wir es auf unseren Friedhöfen tun und als sich herausstellte daß hier etwas weiterlebte, sich bewegte und entwickelte, kamen aus Neugier immer mehr andere Bewohner Neuplanetariens. Mit der Zeit wurden es weniger, viele entfernten sich und kamen nicht wieder. Sie bekamen bedenkliche Räusche, Wutausbrüche, verfielen in Raserei, in Extase, wurden euphorisch und manche ereilte der einsame, viele der Massenwahnsinn. Seither sind die Besucher selten geworden. Es soll Einsiedler geben die sich ständig hier aufhalten und kaum auffindbar sind. Sowohl die Geisterverehrer als auch die Anhänger der Selbsterneuerungsprogrammierung fühlen sich in ihren Theorien bestätigt. Es gibt Sekten die verkünden daß die Einsiedler hier zu Göttern geworden sind und den Lauf der Dinge beeinflussen. Von ihnen abgespaltete Gruppen machen sie für jedes Unglück verantwortlich und sie möchten die teuflischen Trümmer, wie sie die wundersamen Gebilde nennen, sprengen und demolieren, aber sie trauen sich nicht her. Der Versuch, hier alles zu zerstören hätte eine Explosion zur Folge, die ganz Neuplanetarien zerstören könnte. Von Zeit zu Zeit macht sich ein Gelehrtenstreit bemerkbar, weil ein Wissenschaftler, der langsam Anhänger gewinnt, berechnet hat daß bei dem von ihm behaupteten sich steigernden Wachstum der Ausdehnung der Gebilde in hundert Millionen bis vier Milliarden Jahren die ganze Galaxis durch sie verschlungen sein wird mitsamt dem schwarzen Loch in der Mitte. Das wird von anderen bestritten und die Mehrheit bleibt unentschieden oder skeptisch. Jedenfalls hat sich gezeigt daß die Gebilde andere Himmelskörper nicht unbedingt durchdringen oder schlucken, sondern sie bevorzugt umrahmen oder ihnen ausweichen. Die Sektierer stellen die Gefahr als bewiesen und ehernes Gesetz dar und es gibt sogar welche, die eine solche Expansion, die alles verschlingt als unabwendbar aber erwünscht ansehen und ihre Förderung fordern.

Mir begegnet die Umgebung als Schweigen das von mir nichts fordert und mir nichts mitteilt. Ich könnte etwas sagen, spreche ein wenig wuckinesisch (wlabdexilowela rubzügnautsch) und höre wieder auf. Es scheint nicht angebracht zu sein etwas zu fordern, eine Frage zu stellen oder etwas zu erwarten. Ich empfinde Ehrfurcht, aber auch das scheint unangebracht zu sein wie eine unnötige Aufdringlichkeit hochgespielter Gefühle mit ihrer Steigerungstendenz. In meiner Ratlosigkeit verfalle ich unsinnigerweise darauf mich in Gedanken verirrt zu haben. Da ist schon etwas dran, wo immer ich mit den Gedanken und Gefühlen hinwill bin ich ein wenig fehl am Platz, vielleicht sogar sehr. Aber auch das gehört samt mir nicht hierher. Es ist Verlegenheit. Oder doch nicht. Es zieht mich von einer Kammer dahinter zu dieser Kammer und in sie hinein. Hier ist keine Kammer. Hier ist alles. Oder doch nicht ? Hier ist der Ort den ich aufsuchen will, der mich aufnimmt oder abweist, der Wechsel in den Nurraum. Hier wird man nicht abgewiesen, nicht aufgenommen und nicht nichtaufgenommen, hier ist es. Es kann sein daß ich es nicht finde.

Es wird dämmrig, ich bin als Phantom außerhalb des Raumschiffes, das nicht mehr zu sehen ist in einer großen dunklen Höhle, seitlich rechts ist eine längliche, ein wenig schräg waagerechte Öffnung, von der aus Licht hereinfällt, ähnlich wie bei Unterwasserfilmaufnahmen. Die Öffnung vergrößert sich ein wenig, sie nähert sich langsam oder ich nähere mich. Natürlich, es ist nicht nöglich daß ich mich einem Objekt nähere ohne daß es sich mir nähert. Aber hier ist nichts unmöglich. Aus der Dunkelheit der Höhle schweben unruhige Gestalten in schwarzer Umhüllung heran als wären sie Unterwassertaucher. Die Gestalten und Gesichter gleichen denen von Menschen. Bei der vordersten Person, offenbar ist es ein nicht mehr junger Mann, ist teilweise das Gesicht zu erkennen, es ist breit und grimassiert heftig, er ist wie ein Säufer der nicht betrunken ist und der etwas sagen will das nicht zu verstehen ist. Der Kopf ist rund umhüllt, ähnlich wie bei einem vorne offenen Helm, aber mehr wie eine kugelige Kopfbedeckung aus einer dicken Stoffschicht. Die Gestalten bewegen sich wie die Gesichter eckig unruhig, als wollten sie unbedingt auf sich oder etwas aufmerksam machen. Das vorderste Gesicht ist teilweise bärtig, breit und nicht allzusehr gealtert, die Person scheint mit etwas unzufrieden zu sein. Es zieht mich seitlich aus der Höhle, hebt mich nach vorne hinauf, senkt mich wieder hinab wie auf einer großen Schaukel. Zugleich bin ich in der Residenz meines Nachbarn, das ist der Computerraum, in dem er sich meistens aufhält und er nennt ihn so weil er am liebsten in einem großen Lehnstuhl vor seinen Computern thront. Er dreht den drehbaren Thron zu mir und schreit mit mir, weil ich ihm seine Programmierung gestohlen habe. Das ist ganz unmöglich, was habe ich damit zu tun ? Aber nun spricht er immer leiser von etwas ganz anderem, er fragt mich warum ich immer wieder spurlos verschwinde, er macht sich Sorgen um mich und überhaupt wassolldas . Währenddessen schaue ich mir dabei zu wie ich im Nebenzimmer in den Fernsehapparat schaue, der mir zeigt wie ich beim Nachbar hocke, ihm zuhöre und mir beim in den Fernsehapparat Schauen zuschaue. Der Wasolldas ist ein Ichkanndas und erklärt mir was er alles kann. Ich verstehe ihn kaum.

Auf einmal befinde ich mich wieder in zwei Wohnungen zugleich, in der jetzigen mit den Nervensägenmaschinen neben der Residenz des Computerfreaks und in der früheren größeren, deren Zimmer rund um den Innenraum, der Küche, herum liegen. (Ich war der letzte Bewohner der WG, der von dort wegzog.) Währenddessen hat sich der Computerfreak wieder zu einem seiner Bildschirme zurückgedreht und murmelt etwas Programmierhyroglyphisches vor sich hin und ich schaue mir zu wie ich als Partikelkobold durch die Trickfilmparodie eines Teilchenschleuderers beschleunigt werde, der mir vom riesigen Innenraum des großen neuplanetarischen Niemandsraumgebildes vorgegaukelt wird und sich in eine rotierende Wachmaschinentrommel verwandelt.

Jetzt ist sanftgrauer Nebel rundherum. Seitlich rechts zieht ein dunkles länglichen Gespinst beunruhigend nach vorne vorbei. Der Nebel hellt sich auf, verdunkelt sich wieder, weit vorn öffnet sich eine dämmrig beleuchtete Wand, die von einem schwarzen Liniengewirr durchzogen und von dunklen Balken und Flächen umgeben ist. Es ertönt ein melodisches Gepfeif wie von Singvögeln, das in ein Massenklicken übergeht und in ein Geklingel, das langsam leiser wird und ausklingelt. Es brummt und zischt, es bleibt sanft graublauer Nebel, der föhnig schokoladig riecht. Es flimmert körnig, es wird leer rundherum. Mich packt ein gieriger Drang, mich nach vorne zu schieben und aus mir herauszupressen in etwas, das in unklarer Entfernung vor mir liegt. Dort vorne in unerreichbar Nähe wird es lichter, ein cremig hellgrauer Streifen dehnt sich quer zu mir aus, zieht sich zusammen und nimmt eine unwiderstehlich klare und vermeintlich einfache Form an. Es ist eine flache Porzellanterrine, sie ist annähernd rechteckig mit runden Ecken und ein wenig gebogenen Seitenwänden, sie steht quer zu mir, ihr Boden ist ein wenig gebogen, wie bei einer Schaukel, die links und rechts ein wenig aufundniederschaukeln könnte, aber sie schaukelt nicht, sie steht ganz still. Ich möchte zu ihr hin, in sie hinein, will reinstes Gestein werden, mich in die zu weißem Gestein verdichtete Nebelmasse verwandeln. Ich möchte zur Walze werden und zu weißem Papier, das hunderte Male in der Sekunde durch die Walzen der papiererzeugenden Maschinerie gedreht wird, aber nur einen Moment lang, denn ich fürchte das verheerend giftige Chlor und die rasende Hektik der Umdrehungen. Ich will nur das ruhig liegende leere, völlig unbeschriebene Papier, das unerreichbare Ideal, denn es wird von mir oder von etwas in mir sofort mit Linien Punkten und Zeichen bedeckt, die es mit einem Netz überziehen und mit mir verunreinigen, selbst wenn ich mich ganz hieneinverwandle oder es mitsamt meiner Gedankenflucht bewohne. Aber das Gestein oder die gesteinsartige Verdichtung, seine Reinheit, dort muß ich hin und hinein, muß mich zu ihr verdichten, zur Klarheit der Form der Terrine, auch und besonders dann, wenn sie eine Täuschung ist mit der ich mich täusche und eigentlich vollständige Leere. Dort muß ich hin. Dort kann ich nicht hin, es muß mich in wilder Flucht hinausschleudern. Und doch zieht es mich hinein. Ich bin im Nurraum. Er ist die Erkenntnis daß wir immer mehr oder weniger darin sind. Alles spielt verrückt. Es ist zugleich Bewegung, Stillstand, Leere, Überfüllung, Ausdehnung, Unausgedehntheit, Unendlichkeit, Begrenztheit, alles ist mit sich identisch und widerspricht sich. Ich bin von den aus mir heraussprudelnden Worten und Schriftzeichen aufgefressen und sprachlos. Die Zeit vergeht und vergeht nicht, denn sie ist unvergänglich in allem drin und sie geht wie sie will. Es geht hinein ich springe heraus. Ich strecke die Zunge heraus zur weißen Oberfläche. Jetzt ist es keine Terrine mehr, kein Walzenuntergestell, hier dort ist ein flacher Quader, ganz und gar rechteckig begrenzt, dort hier muß ich sein.

Ich entkomme nicht mehr, ich stecke drin. Kein Zweifel, es ist, ich bin ein Buch, ich wühle, presse mich hinein und hindurch, ich bin das Buch, spucke Buchstaben, Rufzeichen, Fragezeichen, Ziffern, zerrinne in Speiworte, schwitze Sätze aus und laß sie rinnen wie Lulu. Das Wasser des Schriftozeans umspült mich, ich schlürfe es in mich hinein bis sich der Buchbauch aufbläht. All die anderen benachbarten und entfernten Bücher senden die Wellen ihrer Schriftundsatzzeichen aus. Sie alle haben wie ich nur scheinbare Grenzen, innen ist außen. In ihrer unendlichen Aneinanderreihung sind Teilunendlichkeiten zu Einzelbüchern zusammengezogen sodaß ich trotz der stets sich erweiternden, enteilenden und hereinströmenden Zeichenunendlichkeit ein individueller Teil des Bedeutungsozeans bleibe, dessen Bedeutungen zuerst ein Erkennungszeichen geben, um dahinter ihre Unergründlichkeit anzudeuten. Gleichzeitig bin ich, der ich mein Buch bin, inhaltsleer. Sonst müßte ich mich zur Handlung zurechtreduzieren und zur Geschichte domptiert zurechtentfadisieren. So bleibe ich schwebend durchlöchert und schwebe in unabsehbarer Ferne einem undurchschaubaren wirren Ende entgegen. Oder keinem. Hier ist das alles möglich. Doch als mäßig entwickeltes Anfängernurraumwesen muß ich mich halbkapitulierend halb herausbegeben in eine konfus gewordene Bibliothekswelt anmaßend wichtigtuerischer Materialisierung, muß dort hineinschauen und mich als dort erzeugte Buchentsprechung in der neuplanetarischen Literaturkäfigwelt suchen, um enttäuscht festzustellen, daß ich kaum aufzufinden bin. Aber ich suche mich an falscher Stelle. Ich hänge am gewohnten Buchgemäuer, will den Bücherplanet aufsuchen bis ich endlich bemerke daß ich hier in der einsamen Zwischenwelt, in weiter Entfernung, von den Lesern so gut wie unauffindbar zu finden bin, und zwar als Riesenebook ! Kein Papier ist nötig, keines im irdischen Sinn. Da ich als Halbnurraumwesen mit einer Schwimmflosse im Schriftozean wachle, mit dem anderen Flügel zu meinem Riesenebook in der Literaturwüste fliege, kläre ich mich als solches dort selber darüber auf, wo ich noch überall als Buch zu finden bin : In weit verstreuten neuplanetarischen Antiquariaten und einigen E - Speichern von provinziellen Zentralplanetsbibliotheken, in denen alles Schriftliche gesammelt wird, das sich dorthinverirrt. Auf keinen Mistsammelstellen, in keinen Bucheinstampfpressen, von denen es auf der Erde so viele gibt ! Warum ? Kein Papier wird hier, wie es auf der Erde üblich ist, aus getöteten Pflanzen mit Giftstoffen erzeugt, Wälder werden nicht abgeholzt und in Wüsten verwandelt, aus denen sie in Jahrzehnten wieder hervorwachsen dürfen, wenn die Menschen so gnädig sind. Hier ist es herrlich weißes, aus zweckgemäß aneinandergereihten Molekülen bestehendes, von Apparaten erzeugtes Papier. Zufrieden begebe ich mich wieder zurück in meinen weißen Block zu mir selber als Nurraumbuch mit unendlich vielen unendlich dünnen Seiten, in denen ich umherirren kann so lange und so viel es mich freut oder bis ich über meinen wirren Inhalten einschlafe.

Das ist für einen schwachen ungeübten Nurraumbewohner wie ich es bin kein Dauerzustand und ich falle wieder heraus. Es ist nicht zu erwarten daß ich nicht mehr halbiertes Nichtmehrhalbnurraumwesen mich hier im profanen Nichtnurraum als Riesenebook im noch entlegeneren Niemandsraum oder auf einem der Neuplaneten als Antiquariatsbuch jemals wierfinde oder mich als solches wiedererkennen könnte. Aber ich befinde mich nach wie vor im wundersamen Riesengestellgebilde im Niemandsraum und dem ist allerhand zuzutrauen. Momentan bildet es einen hektisch bewegten und zuckend leuchtenden Riesenmaschinenraum, in dem es klickt, blinkt, winzige Hämmer und Zahnräder ruckzucken, kreisen und mit Sirenentönen Ballongespenster ausstoßen, die verpuffen, platzen oder sich in tausend rotierende Papierkringel und Metallspangen auflösen. Farbige Ziffernreihen haben es eilig, in einer dunklen Höhle zu verschwinden und sich von ihr aufsaugen zu lassen, während aus ihr das sich steigernde Gefühl einer überwältigenden Sensation hervorwächst und alle Körperteile schauerlich ergreift. Es ist ein krachender Donner, eine farbige Lichterexplosion mit höhnischen Fanfaren, es sind pralle Späße, in aufdringlicher Selbstzufriedenheit watende Werbesprüche, zum Reflex nötigende Signale, die Sensationsbesessenheit erzeugt Schande, Reue, mündet im Gesangshimmel eines gigantischen Triumphturmes, der einstürzt und sich in lallende Idiotentrümmer auflöst, während nebenan ein fahles Licht lauert wie ein hämisch grinsender Beobachter. Falsch, falsch ! rufe ich in Gedanken vorwurfsvoll. Nein das bist du ! antwortet es mir von allen Seiten in meine Gedanken hinein. Alles versinkt in Verlorenheit und Trauer über nicht wieder gutzumachenden Schaden. Die Maschinerie hat es auf mich abgesehen denke ich gezwungen, als ob alles davon abhinge. Nein, es kommt aus dir und von überall antwortet es mir von allen Seiten. Von mir aus denke ich damit es wieder erträglich werde und es wird normal und ermüdend eng und stickig. Ich fühle mich schwach, es könnte lichter werden. Es wird blendend sonnig. Die Maschinerie ist zu laut. Sie wird leiser und resigniert beruhigende Feierabendmusik ist zu hören.
Bei solchen Erlebnissen stellt sich wieder eine verzagte Sehnsucht nach Geborgenheit ein. Mäuschen verkriech dich, einfach wieder ruhig und entspannt daliegen in der besten aller Welten, im Bett. Das Raumschiff tut mir den Gefallen und holt mich aus dem Phantomdasein da draußen zurück in sein Inneres und ich liege in einer ruhigen bequemen Schlafkoje. Sogar in meine Wohnung möchte ich zurückkehren mitsamt den sekkanten Haushaltsrobotern, sentimental fordere ich sie in Gedanken dazu auf, meine Nerven auf die Probe zu stellen und siehe da - im nächsten Moment bin ich zuhause im eigenen Bett und überlege noch immer ob ich endlich aufstehen soll oder nicht. Aber wo bleiben sie denn, jetzt wo ich sie endlich einmal bei mir haben möchte ? Da kommen sie angeschwebt gehüpft gefahren gerannt, die Technoberserker. Legt los, wollen wir doch sehen ob ihr mich diesmal ärgern könnt. Aber statt mich zu ärgern singen sie mir etwas vor und das rostige scheppernde zirpende tütende Stimmengewirr klingt ergreifend wie nie zuvor und selten jemals etwas !

Sie wollen mich in den Schlaf singen, die Guten, und beinahe schaffen sie es. Nach kurzem Einnicken kommt es mir vor als wäre ich wieder einmal nicht nur hier sondern auch in der Nachbarwohnung in einem der Computerräume vor einem der von mir am meisten benutzten Schreibrobotergeräte. Diesmal zieht es mich unwiderstehlich zu meinem Schreibcomputer und in ihn hinein. Zuerst ist es große Verliebtheit wie ich sie in dieser Heftigkeit noch nie empfunden habe. Dann stürzt eine erotische Lawine auf mich und in mich hinein und durch mich, durch meine Nervenbahnen, Adern und in sämtliche Glieder. Es rieselt zieht schiebt als säße ich nahe neben der anziehendsten Frau, nur mit dem Unterschied daß im Gegensatz zu begehrenswerten Frauen der erotische Roboterschreibcomputer mich unerbittlich zu sich und in sich hineinzieht.

Jetzt bin ich der Computer, eins mit ihm, in mir denkt rechnet und schreibt es in Formellabyrinthrätseln, drängenden Flußdiagrammen und überflutenden Sprachlawinenbildern, die mich absorbieren. Jetzt bin ich erledigt. Aber das Gerät erzeugt Robustheit und ungeahnte Widerstandskraft. Ich bin außer mir und genau wo ich hingehöre und in mir. Ich, der Computer schreibe ein Email nach dem anderen an mich selber. Und mein Nachbar, der Schreibnerd, tut was er noch nie getan hat, er kniet vor mir und fleht mich an, ich soll doch endlich machen was er will und nicht was ich will. Was soll ich tun, ich bin restlos vom Computer besessen. Mein heimlicher Schwarm, seine Partnerin und Gefährtin, kommt herein, lächelt, durchschaut sofort alles, tätschelt sanft seinen Kopf und sagt : „ Mein armes Burli ! " Etwas sonderbar ist das schon, ich schreibe und schreibe was weißichwas, schaue durch die Wände und sehe mich drüben in meinem Bett lachen, weil ich mir von dort durch die Wände hier beim Schreiben zuschaue. Der Schreibnerd weint vor Ärger, dann steht er auf, stampft mit den Füßen, ruft : „ Mach was du willst, du Trottel ! " und geht wütend weg. Seine Gefährtin schaut ihm nach und schüttelt den Kopf. Ich sause durch sämtliche elektronischen Nervensägennetzverbindungen und Neuronalquantenverwicklungen ins neuplanetarische Niemandsraumschiff zurück, beruhige mich nach langandauernder Formelbesessenheit und schlafe ein.

Ich bin nicht mehr im Nurraum und muß auch hier von Sachen berichten, die schwer zu beschreiben sind, aber was soll ich machen, ich bin bei allem was ich tue oder egal wo ich bin ein alles beschreibender und mich selber schreibender Computer geworden und kann nicht mehr aufhören. Hier ist zwar der Niemandsraum aber so ganz allein bin ich nicht, denn ich bin überall von mir selber umgeben und schreibe mich als Computer mit mir selber voll, bis ich vor lauter Schrift übergehe und die Schriftzeichen um mich her und durch mich hindurchschweben. Obwohl ich mich als Computer ganz woanders vollschreibe, nämlich weit weg auf der Erde in der Nachbarwohnung, bin ich auch hier im Niemandsraumschiff, das durch dieses abgelegene Gebiet in Neuplanetarien fliegt, nicht nur in gedanklicher Weise als sich selber schreibender Computer von mir begleitet und durchdrungen, ich bin von meinen Schriftzeilen umgeben, die sich immerzu verlängern, vermehren, schwinden und neuerlich hervorquellend weiterschreiben. Ich bin mein Einundvorsager und wundere mich darüber, wo die zusätzlichen noch schwerer verständlichen Zusatzeinsageichs herkommen, die sich vermehren und von denen etliche sichtbar werden, die mich freundlich plaudernd anschauen und mir fröhlich zuwinken. Endlich bemerke ich daß es sich nicht um mlch in Mehrfachausgabe handelt oder vielmehr schon, aber nur äußerlich, denn auf solche Weise zeigen sich nun doch die sich selbständig selber weiterprogrammierenden Phantomraumschiffbegleitwesen. Sie verschwinden augenblicklich und tauchen ebenso abrupt zwischen meinen Zusatzichcomputerschriften auf und werden mir wie mir scheint äußerlich immer ähnlicher. Nun verschwinden alle Zusatzichs mitsamt den virtuellen raumschiffgeborenen Dublikaten und ich fühle mich in meinem Schlafraum von mir alleingelassen überaus wohl.

Nur fehlt jetzt etwas das mir auf der Erde kaum auffiel und das es hier zwar auch gibt, aber nicht in meiner Reisewohnstätte, das Farbige, metallisch Spiegelnde und Glänzende vieler Oberflächen dort von wo ich herkomme und wo wir es wenig beachten. Und siehe da, das Raumschiff erfüllt Wünsche, die Schlafkoje, bisher kahl und glatt, sie verformt sich, wird farbiger und glänzt lebendig, bis sie meinem Schlafwohnzimmer daheim ähnlich wird, allerdings ohne maschinelle Haushaltsgehilfen, die hier nicht nötig sind. Ich verlasse die Schlafkoje und lasse mich im anschließenden Wohnraum vor dem Tisch nieder. Auch das Wohnzimmer wird meinem irdischen Schlafwohnraum ähnlich, nur daß es größer ist. Es entsteht neuerlich eine Verwirrung, weil die computerischen Zusatzichs, die mich schreiben, als Spruchbänder aus mir herauswachsen und einander durchdringend den Raum durchziehen sodaß ich einen Moment lang, der sich ein paar Mal wiederholt, nicht weiß, ob ich zuhause, in der Nachbarwohnung, vor oder im Schreibcomputer im Tigerkäfig oder anderswo bin, aber wo ? Ach so, im Raumschiff ! Oder doch nicht ? Kaum ist dieser Spuk weg folgt der nächste, denn ein Ichdublikat kommt bei der Tür herein, hebt grüßend einen Arm und schwebt vor mir über dem Tisch. Eine nächste Ichnachbildung stapft herein, mit dem Kopf im Gehrythmus nickend , noch eine schreitet schwungvoll mit wiegendem Oberkörper, noch ein Besatzungsmitglied schlurft müde daher. Sie alle schweben da oben vor mir, ein paar weitere erscheinen dort. Immer mehr äußerlich mir ähnliche Angehörige der virtuellen Schiffsbesatzung schweben vor mir und um mich herum, sie rufen mir etwas zu, das ich vorerst nicht verstehe. Offenbar eine Ankündigung. Ich soll das Riesengebilde, das wir durchqueren, auch von seinen angenehmen und wohlgefälligen Seiten näher kennenlernen.

Sie verschwinden und verwandeln das Wohnzimmer in die Umgebung des Raumschiffes, wir befinden uns neuerlich in einer riesigen Höhle, in der sich die beleuchteten Oberflächen vielfach ineinander spiegeln, verschieben und durchdringen. Farbfontänen öffnen sich aus dunklen Streifen, prächtig blaue und weiße Kristalltropfen entfalten sich mit feinen Schaumblasen zu einem grandiosen Netz, das sich in Wellen ausbreitet, wieder einrollt, während grüne Wolken mit violetten ineinandergehakelten Balken und roten Linien alles umwogend umspülen, aus denen kleine Flächen in allen Farben wachsen und sich in einem gelben Meer mit braunen Korallen langsam bewegen. Alles erfolgt in langsamen Bewegungen, sich manchmal beschleunigend, um sich wieder zu beruhigen. Ohne Hektik, kein verstörendes Durcheinanderblitzen wie auf der Erde in Filmen und in der Fernsehwerbung. Auch die Klänge sind vielschichtig und vielfältig tönend ineinander und aneinandergefügt, türmen sich auf und beruhigen sich, worauf es zwischendurch pfeift, klingelt und tütet. Nach einiger Zeit bemerke ich daß es sich um das Dublikat meines irdischen Telefons handelt, das mich aber nicht erschreckt, sondern hier schrillt, schnarrt und tütet es zusätzlich zu einem sanften Phantasiespiel, das einem Konzert gleicht, das aus der Vorstellung hervorgeht, die in mlr im Verborgenen schlummert. Zugleich fühle ich mich klar und entspannt sodaß mich das Geschehen lange nicht ermüdet. Als es anfängt mir zuzusetzen und der Kopf müde wird, dämmert es ein wenig in der Riesenhalle und in der Ferne wandern Lichter und Klänge in einem sanften, bedächtigen Tanz.

Hinter dieser Höhle sind viele andere, mit Bögen überspannte Teilräume reihen sich nach dieser und jener Seite durchsichtig aneinander, als wären es weite Spielplätze mit unzähligen Gestellen, Geräten, Stangen, Bällen, Streifen, Bändern, mit Spielsachen, die sich bewegen oder ansammeln, funkeln, locken, rufen, warten. Währenddessen sehe ich den ebenfalls bunten, lebendig wirkenden Plan dieses Teiles des gigantischen Riesenniemandsraumgebildes vor mir und fühle, wo sich all die Säle, Nischen, Öffnungen und Höhlen befinden, ich sehe das mir Unbekannte dieser Region.

Jetzt bin ich wohlig müde, die freundlichen Schiffsbesatzungswesen lassen die Pracht verschwinden, werden mitsamt dem Wohnzimmer wieder sichtbar und geleiten mich zurück zu meinem Bett, in dem ich dankbar versinke und langsam durch die Bilder des Halbschlafes gleitend einschlafe.

Das Raumschiff fliegt mit mir überallhin, zu den Planeten, den Sternen, zu den Stellen, an denen sie zu Tausenden zu sehen sind, und zurück in den für mich am geeignetsten Bereich des Weltalls, in den Niemandsraum zu den wundersamen Riesengestellgebilden und ihren Gliederungen sodaß ich darauf achten muß daß ich mich noch zurechtfinde in den Möglichkeiten und Unmöglichkeiten in und außerhalb meiner selbst. Auch wenn ich jetzt der schreibsüchtige Computer bin, der an sich selber ein email nach dem anderen schreibt und eine Menge Daten darüber erfaßt, was in mir als unauffindbares Buch und unentwirrbares kaum zu deutendes

Manuskript verborgen liegt, aus mir herausschwirrt und wieder in den unendlich langen Text eintaucht und verschwindet, sich dort in die Quere kommt, in der entgegengesetzten Richtung durchdringend durchpflügt, aufwühlt, verschlingt, verkrümmt, entstellt auswürgt, Knäuel bildet, sich seufzend zersetzt und den ausbrütenden Ursprungsautor verwünscht, der unwissend umhertappend alles angezettelt hat. Aber dieses außerdigitale Urzeitmonstersaurierwesen mit inferiorer Rechenleistung, gibt es das überhaupt noch oder ist es in den Hilfsleistungsverwirrungen und Ratgeberhinweisen hilflos steckengeblieben und erstickt ersoffen abgesackt ?
Haltaus, was war das für ein Gedanke, war das ein Traum, schon im Schlaf, ein Schritt in seine Richtung oder in ihn hinein ? Ich glaube, da war eine Idee, die mit einem der Schreibcomputer zu tun hatte, ich war in ihm gefangen oder ich war dieser Computer und habe von mir abgeschrieben oder mich von ihm aufschreiben lassen. Aber wie komme ich darauf, was dachte oder halb träumte ich vorher, ich weiß es nicht mehr. Jedenfalls bin ich wieder bei mir und nicht in einer programmierten Maschine, in der ich nun unbedingt beschreiben will, wie es dazu kam daß ich mich immer selber weiterschreiben und hervorbringen muß, indem unleserliche Zeilen aus mir herauswachsen, umherwandern und hier im Computerzimmer, das auf einmal wieder das Schlafzimmer ist, losgelöst weiterschreiben, wobei sich die zunächst stellenweise glänzenden Buchstaben verdicken und verdunkeln, bis sie an plump geformte Figuren erinnern, an aufgestempelte klobige Druckformen. Die Reste laufen sich auflösend in dämmrigem Flimmern aus und ich bin hellwach und nun wirklich kein Computer mehr. Oder doch ? Wer weiß schon genau wer er ist. Wer ist sich seiner ganz sicher.

Ich glaube ich kann gewöhnlich unterscheiden ob ich den Ort wechsle und woanders bin oder ob ich mithilfe der virtuellen Schiffsbesatzung mental woandershin versetzt werde und mich dort als Phantom aufhalte. Oder nein, als virtueller Geist, denn ein Phantom ist wohl eher jemand, der in ungehöriger Weise vor anderen auftaucht und sich bemerkbar macht. Das wäre wohl ein wenig viel verlangt. Also bleibe ich schön hier und bin geistig woanders, beispielsweise außerhalb des Raumschiffes, das nun auch noch neben mir verschwindet, um die Illusion perfekt zu machen, die darin besteht daß ich durch das All schwebe, vom Niemandslandgestell umgeben, von Nebel oder von unzähligen Sternen, die von hier sonst nicht zu sehen sind sodaß die Zaubertechnik des Raumschiffes sie für mich hergeholt hat oder vielmehr ihr Bild, denn sie dürfen bleiben wo sie sind und sich herumtreiben wo sie wollen oder müssen, die Sterne. Oder ich kann, darf die Niemandsraumgestellwälder durchqueren und bewundern, Liniengeflechte, Punktmosaike, in denen jeweils eine Farbe in allen Tönungen und Formvariationen überwiegt, bis in weiteste Entfernungen durchsetzt von anderen Farben, die aufleuchtend den vorherrschenden Farbenrausch durchrieseln, eine die andere Hauptfarbe dieses Ozeans aus Lichtmosaiken und Schattenfiguren ablösend.

Genau genommen werde ich nicht hinausversetzt, sondern die Wundertechnik holt das entfernte Äußere zu mir her und versetzt mich hier in meinen Reisewohnräumen in die Umgebung hinaus und somit hinein, wo ich nicht oder nur illusorisch bin, jedenfalls nicht in der gleichen Weise. Kann ich das sicher wissen und unterscheiden ? Vielleicht entfernt mich etwas von mir und entführt mich woanders hin, während ich körperlich am gleichen Ort bleibe. Vielleicht stellt sich in Bezug auf das gewöhnliche Sehen und Empfinden die Frage ebenso oder ähnlich, wobei mir die Frage eher einfällt wenn ich sehe was ich sonst nicht sehen kann. Sofern sie mir überhaupt einfällt. Wie lautete gleich die Frage ? Ob ich bin wo ich bin wenn ich außer mir bin oder so ähnlich. Und wo bin ich wenn ich in mlr bin ? Dort wo ich bin, wo auch immer. Genau weiß das nur der liebe Mitmensch, der ohnehin alles besser weiß, besonders wenn er uns aufs Korn nimmt, oder der Mithund wenn er knurrt, die Stechmücke wenn sie sticht und das Staubkorn wenn es ins Auge fliegt.

Während ich mit der Unterscheidung zwischen meinem Nachaußenversetztwerden und dem Hierherversetzen von Äußerem und Entferntem nicht zurechtkomme, versichern mir die fabelhaften Leute der Schiffsbesatzung, von denen ich nicht sicher weiß ob sie real hier oder überhaupt real sind daß eine Unterscheidung durchaus möglich und gerechtfertigt ist. Sie müssen es ja wissen. Üblicherweise sind jetzt zwei Personen bei mir, von denen ich nicht sicher weiß ob sie zwei sind oder einer der sich verdoppelt hat und sozusagen zwei verschiedene Rollen spielt. Zunächst schauen beide aus wie ich, dann überlegen sie es sich anders und schauen anders aus, wobei sie nach einer Weile ihr Gesicht und ihre Gestalt etwas verändern und voneinander unterscheidbar werden, während ich mir noch immer nicht sicher bin ob es zwei sind oder nur einer. Dann verschwindet einer der beiden vor meinen Augen indem er durchsichtig wird und sich auflöst, während mir der wirklich oder vermeintlich andere erklärt daß ich woandershin, beispielsweise aus dem Raumschiff hinausversetzt werden kann und dort draußen mein Phantomleib von mir selber und auch von anderen wenn sie in der Nähe sind wahrnehmbar, durchsichtig oder unsichtbar sein kann, während ich mich hier im Raumschiff aufhalte, hier schlafe oder durch Zeitrückversetzung nach der Rückkehr hier munter weiterlebe. Entweder stückle ich mein Weiterleben im Wachzustsnd nachträglich an, denke ich verwirrt, oder ich befinde mich während meines munteren Daseins gleichzeitig im Schlafzustand, sei es im Tiefschlaf oder in der Traumphase, dessen Traum aber vielleicht doch nicht so deutlich in Bezug auf das Gefühl des Wachseins und so farbig wäre wie es mir die Umgebung hier vermittelt. Eine Gleichzeitigkeit von beidem, dem Erleben draußen und hier drinnen, das gleichzeitige bewußte Erleben von Verschiedenem wäre für mich eine Überforderung. Wenn ich will kann ichs ausprobieren, aber wir haben ja Zeit. „ Du mußt nicht wenn du nicht willst, aber dann droht dir das Zeittribunal, hehe ! " Eine Versetzung mitsamt dem Körper ist ebenfalls möglich, aber nicht zu oft, zu weit und zu lang, denn das ist zu aufwendig und zu belastend.
Zur Probe schwebe ich meinem Körper davon, der dümmlich dreinschauend unter mir schlummert und bin im nächsten Moment in einer der sich verschiebenden Lichtwolken dieses Niemandsraumgestellgebildes mit den feinen sich entfaltenden und einrollenden Farbnetzen. Ich stecke mit meinem halbdurchsichtigen Ersatzkörper in einer der strahlenden Lichtglocken der Farbnetze und bin umklammert sodaß ich nicht herauskann. Phantomspangen haben sich in meinem Körper festgehakt und ich zerre an ihnen weil ich hinauswill aus der Beengung. Es schmerzt mäßig und beinahe angenehm wenn ich stärker zerre. Dann reiße ich mich los und ein heftiges Feuer explodiert in mir und durchrieselt mich. Die von mir verlassene Lichtglocke spielt in bunten Mosaikgestalten, die einander durchdringen und ein Klanggeflecht murmeln, bis eine Lichtwoge sie durchrieselt und alles prasselnd verstärkt. Ich bin von summenden Lichtglocken umgeben, die mir von allen Seiten zujubeln. Auch in mir jubelt es, aber ich weiß nach kurzer Zeit nicht mehr was ich mit mir und dieser Pracht anfangen soll. In meiner Schlafkoje wache ich auf, bin aber noch nicht völlig überzeugt, ich denke zweifelnd daß die Reise nach draußen auch hierher in meinen Schlaf gezaubert worden sein könnte.

Dann kommt ein verheerender Anfall von Trostlosigkeit und eine Gier, alles draußen und hier wieder zu erleben, wieder und wieder. Eines der verlorenen Gefühle entspricht dem trübsinnigen Gedanken daß all die unerwartete heimlich erhoffte Pracht für mich verloren ist, sie muß so vergeblich sein wie die übrige Welt und das Dasein, sei es meiner Eigenart wegen oder der Vergänglichkeit des Lebens und von allem. Ein allgemeiner Hang von Vergeblichkeit wohnt in allem. Her mit allem, her mit mir ! Soll ich meine Existenz als sich schreibender Computer verleugnen, kann ich mich von ihr losreißen, da es sich doch eigentlich um ein gewöhnlich im

Verborgenen alles enthaltendes Buch handelt ? Hat sich der Computer habe ich mich an mir und dem alles enthaltenen Buch festgesaugt, um das Universum des Inhalts in einen Sumpf silberner und dunkelgrauer Schriftzeilen zu verwandeln, in Buchstabenmatsch ? Wozu habe ich mich immerzu verengt und verengen lassen sodaß ich nicht mehr anders kann als all die Symbole herauszupressen wie die Ameisenkönigin die Zukunft der Ameisenvergangenheit, all die Buchstabeninsekten, Wortwürmer, Konsonantenschrecken, Vokalschaben, Rufflöhe, Frageläuse ! Silbengeziefer, Schattenpunkte, kriechend, krabbelnd, raschelnd, Schattenzeichen, beengte Zwischenräume mit Schattenzwischenzeilen, in der Dämmerung Ameisenhaufen bildend, sich auftürmende Termitenburgen, also heraus aus dem Bau und ins Sonnenlicht, auch wenn hier keine Sonne scheint sondern Wolken leuchten und die Räume aus sich das Licht hervorbringen.

Die Leute der virtuellen Schiffsbesatzung sagen daß der lange Aufenthalt in dieser Region bedrückende Stimmungen hervorrufen kann und schlagen mir deshalb eine Reise zu den belebteren Gegenden in Neuplanetarien vor. Wir können ja nachher in den Niemandsraum zurückkehren, in dem ich mich am liebsten aufhalte, ebenso wie im Raumschiff, in dem ich für immer bleiben könnte, aber dazu wäre ein Vertrag nötig. Ich müßte in Kauf nehmen daß ich manchmal ohne es zu wissen einen unfühlbaren Bildschirm durchschreite, der es ermöglicht daß ich von ferne beobachtet werde und die Leute auf dem großen Puppenplanet sehen können , in welche Richtung ich mich nachher bewege, denn das dient ihnen als Orakel. Die Zusendung dieses begehrten Programmes aus der nach der Ansicht vieler verhexten Gegend bringt der Orakelgesellschaft riesige Einnahmen. Ein visionärer Chaoscomputer bestimmt für jeden Zuseher, ob es sich bei den Schritten nach rechts links oder geradeaus um ein günstiges Zeichen zum Investieren, Verkaufen oder Wetten handelt, wobei die mit der Orakelgesellschaft verflochtene Wettfirma die Einsätze der Kunden mit freundlich automatischem Computerdank entgegennimmt. Das kann wie anderen Reisenden auch mir gelten, da ich nicht weiß zu welchen Zeiten ich heimlich beobachtet werde und frühere Passagiere sind einer verheerenden Spielsucht verfallen, auch wenn sie nichts auf ihrem Konto hatten, denn in solch einem Fall werden die Beträge vorgestreckt und verwandeln sich in Schulden.

Ins vielbereiste Ursprungsgebiet dieser Spielsucht begeben auch wir uns, auf den sogenannten Puppenplanet, der als mächtigster Staat den Großteil der anderen erdähnlichen Planeten mit menschenähnlichen Wesen beherrscht, die meisten davon indirekt, weil sie sich selber nach ihm orientieren. Er gilt als das Serverzentrum des Staatenvernetzungsbundes Neuplanetariens und hat im Laufe seiner erfolgreichen Entwicklung den größten Reichtum erworben. Die Erfindungsgabe, Tüchtigkeit und daraus resultierende Produktivität der Bewohner brachten dem Handel Vorteile, da sie zum Tausch mehr zu bieten hatten als die anderen und dabei blieb es bis jetzt, wobei heute durch ihre Automaten alles mehr von selber geht, die frühere Plagerei wurde durch etwas einseitige Kopfanstrengungen ersetzt. Die Vorfahren kämpften und schufteten mit größtem Eifer, wobei sie sich gegenseitig so sehr und so lange beneideten bis sie sich alle in eine einzige Oberschicht verwandelten ohne daß die Rivalitäten ganz aufhörten, weil auch die Oberschicht ihre Abstufung hat und nun versuchen sie auf diskretere Weise, sich gegenseitig zu übertrumpfen. Sie geben sich nobel und geistreich, schauen immer mehr wie Puppen aus und drein, werden zu jugendlichen Greisen, bleiben greisenhaft jung und werden immer älter. Wer bei den Orakelwettspielen gewinnt bekommt als begehrten Siegespreis bei der von allen Kommunikationsgesellschaften übertragenen pompösmonströsen Siegesfeier den grantig dreinschauenden Urblechtrottel mit herausgestreckter goldener Zunge überreicht, was eine Menge geschwollener Reden zur Folge hat.

Die Gesichter sind bleich, schmal, manchmal starr, dann wieder verzückt dreinschauend. Manchmal scheinen sie über etwas nachzudenken, das sie gerade vergessen haben. Statt Ohren haben sie kleine längliche Trichter, durch die sie auch reden können, indem dort ihre nach außen gerichteten Gedanken in hörbaren Schall umgewandelt werden. Daher müssen sie darauf achten daß sie sich nicht selber dreinreden und der Mund das Gegenteil von dem verkündet was die Ohrentrichter mitteilen. So kommt es daß sie oft zu dem was sie durch den Mund sprechen durch die Ohren ein dazupassendes Begleitgepfeif hören lassen. Außerdem ist als natürliche Anpassung an ihre frühere Rauflust ein dritter Arm entstanden. Wenn einer bei einer Schlägerei zu unterliegen drohte wuchs aus seiner Brust, aus dem Rücken oder aus einer Hüfte dieser dritte Arm heraus und schoß den Gegner mit einer Pistole nieder. Mit der Zeit ist bei den Kontrahenten im Zug der Entwicklung zu höheren Sitten der Brauch aufgekommen, gleich mit der Pistole aufeinander zu schießen und nur wenn beide danebenschießen mit drei Fäusten aufeinander loszugehen. Seit einigen Jahrzehnten gilt das alles als unfein und unmögliches Benehmen, kommt aber noch vor. Rivalisierende Privatvereine haben sich darauf verlegt, ihre Mitglieder mit handlichen Raketen aufeinander losgehen zu lassen und am angesehensten ist derjenige der am längsten voranschreitet und seine Rakete am spätesten abschießt. Außerdem kommt es vor daß Rächer zur Tat schreiten, die es nicht ertragen können daß es nur noch Oberschichten gibt und keine Unterschichten mehr. Da ihnen aber nichts anderes einfällt als hysterisches Schimpfen, gefährliches Drohen und Massenmorde können sie ihre Rache nur einmal auskosten und bleiben isoliert.

Andere Planeten streben ebenfalls danach, alle ihre Bewohner in Oberschichten zu verwandeln, stoßen aber auf Schwierigkeiten. Solange die Entwicklung noch hinten nach ist müßte der Staat einiges zuschießen damit sich das ausgeht und er ist auch bereit dazu aber es kommt zu heftigen Konflikten. Volksabstimmungen gehen wegen der Folgekosten staatlicher Großzügigkeit oft negativ aus. Selbst im positiven Fall ist noch nicht viel erreicht, die Uneinigkeit zu groß. Die Mehrheit der mäßig Wohlhabenden protestiert heftig dagegen, weil der Staat die Einkommensschwachen mehr unterstützen müßte als sie und das wäre ungerecht. Sie arbeiten fleißig und sind immer anständig während die faulen Nichtsnutze dafür bezahlt werden sollen daß sie es sich auf Kosten anderer bequem machen. Die Sprecher der Oberschichten stellen sich auf die Seite der Unterschichten weil sie dagegen sind daß jemand diskriminiert und für sein Pech verachtet wird, während die Anführer der Unterschichtgruppen auf die Reichen losgehen und fordern daß sie zwangsbesteuert und abgeschafft werden. Die Oberschicht muß verschwinden bevor sich alle in eine solche verwandeln sonst wäre es kein Kampf sondern ein Almosen. Ein Glück das einem in den Schoß fällt ist nichts wert weil man sich dabei keine blutigen Köpfe holt und keine abschlagen kann. Daher soll man es wenigstens mit schlechtem Gewissen genießen. Der Konflikt wird sich erst lösen lassen wenn sich die allgemeine Oberschicht durch den Fortschritt von selber durchsetzt und das dauert noch eine Weile. Dann wird alles von selber gehen und alle werden auf neue Art unzufrieden.

Auf dem Puppenplanet geht es ähnlich zu wie auf der Erde und es sieht ungefähr so aus sodaß ich mich verhältnismäßig leicht zurechtfinden und orientieren könnte aber es ergeben sich Schwierigkeiten. Zuerst werden wir wie Stars empfangen, als Gäste aus entfernten Himmelsregionen, die mit einem zauberhaften Orakel versehen sind. Nach zwei Wochen wird uns plötzlich mitgeteilt daß wir unerwünschte Fremde sind und demnächst abzureisen haben. Nach einigen Verhandlungen mit programmieramtlichen Überwachungsnetzwerken stellt sich heraus daß die virtuelle Begleitmannschaft meine Herkunft von der Erde und meine menschliche Abstammung verheimlicht hat. Den regierenden Staatsprogrammierern sind alle Menschen aufgrund ihrer unverdaulichen persönlichen und historischen Vergangenheit verdächtig und unerwünscht. Sie stehen von vorneherein unter dem Verdacht zu spionieren und Unfrieden zu stiften. Daher wurde der Plan verkündet, am Rand des Puppenstaatsweltraumes eine undurchdringliche Hülle aufzuspannen, damit menschliche Besucher ferngehalten werden können. Sie dürfen nur noch mit Sondererlaubnis einreisen, tun das aber nach wie vor in illegaler Weise. In letzter Zeit mehren sich die Proteste gegen den Sraarsoberprogrammierer, denn der Staat braucht den Fremdenverkehr und die Menschen als Versuchspersonen für Fehlprogrammierungen und als Witzfiguren für virtuelle Schauspiele. Außerdem habe ich mich in eine meiner virtuellen Begleitpersonen verliebt und eine andere, die das bemerkt haben muß, hat sich in mich verliebt, denn sie verwandelt aus Eifersucht ihr Äußeres in das der anderen. Das verwirrt mich einigermaßen. Der Staatsoberprogrammierer behauptet in einer öffentlichen Rede, ich hätte mir auf der Venus einen Sonnenstich eingefangen und diese ansteckende Krankheit in heimtückischer Weise von meinem Heimatplanet Europa eingeschleppt, der sich in der unwirtlichen Magellanschen Wolke befindet.

Auf den Nachbarplaneten, die entwicklungsmäßig noch hinten nach sind, ist im täglichen Leben von Konflikten wenig zu spüren und es geht dort trotz der offiziellen Streitereien recht gemütlich zu. Nur einer, der weit abgelegen drei Sonnen umachtert, hat seine vollständige Isolierung angekündigt und die Vertilgung aller einzelligen Lebewesen beschlossen, weil sie unnötig sind und es ist nicht einzusehen, warum auch nur ein einziger Bewohner wegen ihnen leiden oder gar zugrundegehen soll. Experten fordern das dringend und belegen es mit Statistiken, während andere vor den Folgen warnen und eine Protestbewegung unterstützen unter dem Motto : Rettet die Mikroben ! Vorerst ist nicht abzusehen wie die Sache weitergehen und wie der Konflikt ausgehen wird. Seine Ausbreitung auf andere Planeten durch eifernde Minderheiten ist nicht ausgeschlossen, aber es drohen noch größere Gefahren.

Auf dem isolierten Planet versammeln sich nicht nur die Isolationisten und deren Gegner, sondern auch die Einzeller zu Riesenversammlungen und die Intelligenzeinzeller vereinigen sich zu Zellenverbänden, die über den anderen schwimmen oder schweben, und halten Brandreden gegen die Isolationisten. Sie fordern die Billiardenmassen zu Gegenoffensiven auf und formieren die Spezialisten unter den Viren zu heimtückischen Attacken. Wo bleiben die Parasiten ? Diese mehrzelligen Riesenmonster haben einfach die Waffen gestreckt und unternehmen fast gar nichts mehr. Man muß sie aufstacheln. Das bißchen Chemie und Chirurgie der unwettererzeugenden Meuchler kann uns doch nicht abschrecken ! Was ist mit den Bakterien ? Schlafen die ? Biedert ihr euch nur noch an ? Denkt euch neue Strategien aus !

Die Gegner der zusätzlichen Isolation werfen den Befürwortern einer solchen vor, einen Aufruhr in der Mikrobenwelt zu erzeugen und die Gefahren durch drohende Krankheiten zu vermehren. Dir Isolationisten antworten darauf, indem sie auf die Bedrohung von außen hinweisen und fordern eine verschärfte Abschließung durch eine Verminderung der Einreiseerlaubnisse möglichst auf null, weil die schlimmsten Krankheitskeime in Wirklichkeit von außen eingeschleppt werden und die einheimischen Aufruhrmikroben unterstützen. Vor allem wird vor den fremden Außerneuplanetariern gewarnt und von den sogenannten Menschen sind noch immer viel zu viele hier. Dabei bin ich so viel ich weiß der einzige. Auf jeden Fall ist jeder zu viel, es wird der menschenfreie Planet gefordert und gegen die Lüge einer nahen Verwandtschaft mit ihnen gewettert. Umso mehr bin ich überrascht daß bei der nächsten Massenversammlung der Isolationisten auf ihrem großen Feld der Freiheit dreidimensional die turmhohe Gestalt eines Menschen, den ich einwandfrei als meinen Nachbar, den Schreibnerd erkenne, langsam unter ungeheurem Jubel herabschwebt und eine Rede hält, in der er ihnen zu ihrem Kurs in Richtung Unabhängigkeit gratuliert und sie vor der Beeinflussung durch die Menschen warnt, die er nur zu gut kennt, vor allem vor der Einschleppung ihrer gefährlichen Bakterien. Nur zur Bekämpfung der Mikroben äußert er sich vorsichtig und ich weiß auch warum, auch wenn er sagt daß er sich nicht einmischen will. In Wirklichkeit ist ihm die Sache wissenschaftlich nicht geheuer, er will sich nicht blamieren. Wenn er uns Menschen die Schuld daran gibt daß es gegen die Unabhängigkeit Widerstände gibt, ist die begeisterte Empörungszustimmung umso größer. Ich habe nicht gewußt daß er auch in Neuplanetarien viele Bewunderer hat, sogar auf dem Puppenplanet, und hier auf dem immer mehr isolierten Planet sind es besonders viele. Er ist geradezu das Idol der Bewohner, und zwar auch der Antiisolationisten. Seine Bücher werden in Neuplanetarien auf manchen Planeten mit besonders menschenähnlichen Bewohnern verschlungen und in Rekordmengen verbreitet und hier auf diesem Himmelskörper ganz besonders. Es sollen sogar transgalaktische Literaturfreaks deswegen angereist kommen und sich auf unbekannte Weise herzaubern. Wie er selber seine Gestalt vergrößert hierherzaubert weiß ich nicht, bestimmt steckt seine geniale Lebensgefährtin dahinter. Jedenfalls schwebt er auch bei Versammlungen der Antiisolationisten vom Himmel, äußert sich vorsichtiger, bestärkt aber auch sie in ihrem Freiheitswillen. Recht erschrocken und verärgert bin ich darüber daß er bei der Gelegenheit mein Gesicht in den Himmel zaubert, auf meine typisch menschlich heimtückische Beschränktheit verweist und warnend hinzufügt daß ich mich gerne in Neuplanetarien herumtreibe und überall dreinmische. Zum Glück sind alle so sehr in sein verehrtes Abbild und seine Worte vertieft daß sie auf mich hier unten neben ihnen nicht achten. Trotzdem bin ich erzürnt und beleidigt. So eine infame Verleumdung ! Er hat sogar die Frechheit, seine nun normalgroße Holofigur beim Raumschiff neben mir erscheinen zu lassen und mir durch sie von fern sozusagen bauchrednerisch mitzuteilen daß er das alles zu meiner belehrenden Unterhaltung arrangiert hat und ich soll meine Erlebnisse demnächst in seinen Computer eingeben. Dankbar soll ich ihm sein ! Beschimpfen sollte ich ihn, aber mir verschlägt es bei der Unverschämtheit die Sprache.

Eine Schnecke im Nurraum

Im Raumschiff findet eine multikosmische optischakustische Rauschfeier statt. Die Besatzung hat mich eingeladen, an den technisch herbeigezauberten Wunderweltbesichtigungen teilzunehmen. Von einem unwahrnehmbar kleinen Punkt aus breiten sich mit Pfeifundbrummtönen feinst sich verzweigende Formen in allen Richtungen aus, durchdringen und ergänzen einander mit Geklirr, verformen sich quietschend und lösen sich auf, bilden sich neu, leuchten, glänzen, schimmern in wechselnden Farben und oder metallisch. Sie ringeln sich ein, vermehren sich verblüffend sprunghaft, ein sibriges, schwarzes oder ebenfalls farbiges Liniennetz durchzieht alles, hüllt uns ein, löst sich auf und entsteht unter munterem Gezwitscher von Neuem aus dem Ursprungspunkt, der alles ein wenig ungleichmäßig aus sich herauswachsen läßt, dabei aber ein zweites Netz auswirft, ein bis ins Feinste symmetrisches, sodaß die Symmetrie die Ungleichmäßigkeit durchdringt, ablöst und überdeckt, während die vielfältigen Klänge von einer pompösen Hymne abgelöst werden, die alle Körperteile in aufdringlicher Weise ergreift und durchdringt. Alles löst sich in betäubend schimmerndem Nebel auf. Der schwindet und es entsteht ein Ursprungspunkt nach dem anderen mit überwältigenden Komplikationen. Ich bin bis zur bestürzenden Verwirrung eingehüllt und ausgeliefert, außerdem liebe ich die rätselhaften Schiffsbesatzungswesen nun alle in vollständiger Verliebtheit, mißtraue ihnen aber auch, weil mich der Zauber ängstigt. Das hat zur Folge daß alles aus den Fugen gerät und ich mich nach einem höllischen Extasehöhepunkt in der einsamsten Verlassenheit einer düsteren Grotte wähne, bis sich alles beruhigt, sanfte, angenehm verträumte Musik erklingt, das Gefühl wehmütig wohlig wird, wobei sich allerdings die allgemeine Verliebtheit wieder einstellt, die mir ganz aussichtslos vorkommt. Es findet eine Konferenz statt, die anderen versichern mir daß es ihnen ähnlich ergeht und sie mich alle lieben. Da sie aber aufeinander eifersüchtig wurden und

mich verwirrten, haben sie das Ausmaß ihrer Verliebtheit auf die Hälfte zurückprogrammiert, damit sie bei klarem Verstand bleiben. Bei mir tun sie das nicht, für mein Liebesleben sind sie nicht zuständig.
Außerdem versichern sie mir daß sie mit den Machenschaften meines irdischen Nachbarn nichts zu tun haben. Der treibt ganz gern neckische Spiele mit anderen, vor allem mit solchen verirrten Schüchtis wie mir. Um seinem mobbing zu entgehen und weil ich vom Puppenreich und den Verhältnissen hier vorerst genug habe werden wir uns in eine andere, weiter entfernte Gegend Neuplanetariens begeben, und zwar zu den Gewichtslosen. Sie müssen meine geheimen Wünsche kennen oder erraten haben, denn zu denen will ich schon lange. Das sind Wesen wie wir, nur mit dem Unterschied daß ihnen nie etwas zu Boden fällt, weil sie die Schwerkraft überwunden haben.

Sie rudern nicht hilflos oder geübt umher wie unsere Astronauten in der Schwerelosigkeit ihrer beengten Weltraumschinakeln. Die Schwerelosen bewegen sich oder ruhen wie wir es auf der Erde tun und auch die Dinge die sie benutzen verhalten sich so als ob sie der Schwerkraft gehorchten, nur das sie ihnen eben nicht herunterfallen, den Händen entgleiten, boshaft davonrollen oder hüpfen wie sie es bei uns so gern tun. Sie finden es zum Lachen daß ich davon so beeindruckt bin und es nicht verstehe. Sie sind größer als wir, über drei Meter hoch und überaus dick, bei uns wären sie gut dreihundert Kilogramm schwer. Dabei sehen sie schön aus, wie zarte Wesen mit runden Köpfen und freundlichen Gesichtern. Auch in vielen ihrer Gegenden sind sie schwer, aber sie können ihr Gewicht reduzieren, sogar bis auf null, die Gewichtsreduzierung teilt sich den Gegenständen ihrer Umgebung mit wenn sie wollen, ansonsten wirkt die Schwerkraft allgemein weiter wie bei uns. Sie wirkt ständig, aber sie können sich ihr entziehen. Manchmal steigen sie in die Lüfte auf und fliegen wohin sie wollen, aber das tun sie nicht oft, denn sie sind, wie sie sagen, nicht ganz schwindelfrei. Diejenigen unter ihnen die es doch sind halten sich mit Vorliebe im zwischenplanetarischen Weltraum auf und haben dort riesige Ballonblasengestelle errichtet, die sie besiedeln. Auch dort gehorchen ihnen die Dinge und sie fliegen nur frei herum wenn sie es wollen. Sie sind ähnlich wie wir horizontal und vertikal orientiert und es geht zu wie auf ihren Planeten, denn sie können sich und der Umgebung simulierte oder reale Schwerkraft verleihen, und zwar mehr oder weniger, ganz wie sie wollen. Kurz gesagt, ihr Leben widerspricht sämtlichen Gravitationsgesetzen, die ich zwar kaum kenne, die mich aber oft genug ärgern. Beneidenswert. Sie können auch mir für kurze Zeit etwas von ihren Fähigkeiten verleihen, aber nicht erklären wie das geht. Sie erzählen mir daß sie auf ihrem Ursprungsplanet, den sie schon vor langer Zeit verlassen haben, von einer Geheimgesellschaft von Artgenossen zum Zweck der Allgemeinerziehung beherrscht, schikaniert und dazu verpflichtet wurden, ihnen zu dienen und immer mehr Arbeiten zu verrichten :

„ Immerzu straften und beschwerten sie sich über uns und wurden immer schwerer, während wir in einer natürlichen Gegenreaktion immer leichter wurden, bis wir uns eines Tages in die Lüfte erhoben und sie so übergewichtig geworden waren daß sie im Boden, in Sümpfen und Höhlen versanken und nicht mehr herauskonnten, während wir uns davonmachten. Seither haben sie sich in den unterirdischen Höhlen eingenistet und eine obskure Geheimlehre angenommen. Sie glauben daß sich unter ihren Höhlen eine Riesenhöhle befindet, die nicht nur wie unter einer Schale das Planeteninnere bildet, sondern in Wirklichkeit das ganze Universum enthält. Dort drinnen in der Planetenmitte herrscht das düstere Element, wie sie es nennen, eine kultisch verehrte übermächtige Gewalt, von der die verhängnisvollen Zufälle, die schrecklichsten und alle unnötigen Übel kommen, um die Weltraumwesen für ihren Leichtsinn zu bestrafen und sie auf unbarmherzige Härteproben zu stellen. Wenn sie die nicht bestehen sind sie des Daseins nicht würdig. Wenn doch werden sie die nötige Härte bekommen, um sie aus ihrem unterirdischen

Verlies zu befreien, um unter ihrer Anleitung alles Bestehende wegzufegen und das universelle Reich des düsteren Elements in triumphaler Beleuchtung aufzurichten."

Mir wird mulmig, aber die Schwerkraftlosen sagen, solange sie da sind, wird das niemals in Erfüllung gehen. Es lebe der allgemeine Leichtsinn ! Die Leichtlebigkeit ist nicht unterzukriegen ! Die Schwerkraftlosen sind mit ihren Fähigkeiten bewundernswert. Das hat zur Folge daß die wundersamen Raumschiffsbesatzungsmitglieder eifersüchtig werden und mir durch ihre Zauberei ihre Überlegenheit beweisen wollen. Sie vermehren und verwandeln nicht nur sich sondern sie verdoppeln nunmehr auch mich. Das hat zur Folge daß ich mir überall dreinrede und in die Quere komme, was mich mitunter ärgert. Außerdem denkt mir das andere Ich ständig beim Denken dazwischen sodaß ich noch mehr als sonst durcheinanderkomme. Ich wechsle zwischen Ärger und Selbstverliebtheit sodaß heftige freudige und schmerzliche Gefühle einander überlagern und abwechseln. Es ist nicht leicht mit sich selber verheiratet zu sein und im Alltag etwas beschwerlich. Zum Glück bin ich fad und verschlafen, gebe mir oft lange Zeit Ruhe und wir sind ich bin langweilig genug um mich um uns zum Einschlafen zu bringen.

„ Das Nichts lärmt heute wieder einmal wie verrückt ! " komme ich mir blöd.

„ Das bist du selber ! " züngelt mein zweites Ich zurück.

„ Das bin nicht nur ich, du bist mitbeteiligt an der nichtigen Verschwörung, die in meinen Ohren quiekt und rauscht."

„ Weil du ein Nichtsnutz bist."

„ Und du, was bist du selber, du Nichts du ! "

„ Selber Nichts ! Wie alles andere ! Alles redet dir mir dazwischen und stört die gedankenlose Gedankenleere, auf die du dir ich mir grundlos so viel einbildest einbilde. "

„ Aber das andere dreinredende Allerweltsnichts verstehe ich nicht, weil ich im irdischen Pflichtnihilistikunterricht zu viel geschlafen habe und nicht nihilistisch kann. "

Obwohl mein verdoppelter Zustand lästig ist und nicht das erste Mal vorkommt, fällt er mir am Anfang nicht auf und erst nach durch lange Leitung bedingter Verzögerung ein daß er mir eigentlich unmöglich sein müßte. Allein schon daß ich nur eine Person bin die sich an zwei verschiedenen Orten zugleich befindet ist befremdlich und ungehörig. Das zweite Ich ist woanders als das erste und das ergibt einen Unterschied zum ersten, andrerseits befindet sich das nunmehr schielende Bewußtsein in beiden zugleich sodaß es beide umfaßt und bewohnt. Sind deshalb die beiden Ichs nur eines oder doch zwei ? Ich rede mit mir neben mir und sehe mich dort während ich dort das gleiche und doch nicht dasselbe mit mir hier neben mir erlebe und tue, und das zur gleichen Zeit. Immerhin redet jemand mit mir, auch wenn dieser Jemand wieder ich ist während ich sonst ohne Begleitung mit mir rede. Das ist wohl der Grund dafür daß mir meine Verdopplung trotz der Verstärkung nicht gleich klar zu Bewußtsein kommt, weil eben die Gewohnheit besteht, mir neben mir jemand vorzustellen, der neben mir hergeht und auf mich einredet wie ich auf ihn. Das ist nur ein vorgestellter Irgendwer, dessen Bild gewöhnlich blaß und undeutlich in Gedanken neben mir erscheint. Ist nicht unterschwellig die ganze nahe und ferne Umgebung voll von Phantomen mit denen wir und die mit uns undeutlich kommunizieren ? Andrerseits ist mein zweites Ich zu deutlich für eine flüchtige Schattenhaftigkeit, daher ruft die verspätete Erkenntnis dieser ungewohnten Unmöglichkeit einen Schock hervor, nachdem ich vorher den Zustand nicht richtig erfaßte. Der Zustand ist ganz schön verwirrend und dauert zum Glück nicht allzu lange obwohl viel zu lange. Meine genialmysteriösen Schiffsbegleiter sagen mir daß sie den Versuch vorzeitig abbrechen nachdem sie ihn mit mir vollführten weil sie dachten ich leide unter meiner Einsamkeit. Es hat sie überrascht daß ich verstört reagierte. Kein Wunder, sie sind Wunder gewohnt, ich weniger. Immerhin habe ich Ähnliches schon früher erlebt und ich sage ihnen daß ich davon überzeugt bin daß Beziehungen zu verborgenen Seinsebenen oder Welten eine Rolle spielen. Die Schwerelosen glauben an so etwas nicht, sie behaupten, meine Nurraumideen und sonstigen sonderbaren Erlebnisse seien durch Autosuggestion hervorgerufene verstärkte Traumbilder und Hirngespinste. Sie sind stark auf die Wissenschaften orientiert und beschäftigen sich nur mit Tatsachen und Theorien die sich auf Fakten beziehen. Aber wie überwinden sie die Schwerkraft ? Sie sind von mir naiv überrascht, denn wie viele Neuplanetarier haben sie so viele schlechte Dinge über uns Erdbewohner gehört daß sie erwarten daß unsereins jederzeit schimpft beißt beleidigt und zur bösen Tat schreitet. Meine Art von Tatkraft reizt sie daher bloß zum Lachen wie mein Denken.

Es ist schön eine Blamage wenn ich eine ganze Weile nicht richtig bemerke was ich erlebe und empfinde oder nicht mitbekomme was ich wahrnehme, aber einer der Schiffsbegleiter sagt daß es bei den Menschen des öfteren aussetzt und ich bin schon weit dümmer gewesen. Ich verliebe mich gleich wieder in sie, umsomehr als sie meine Sicht der Dinge als durch irdischen Einfluß beschränkt bezeichnen und durch menschlichen faulen Zauber als verdorben. Meine Erfahrungen und Ideen des Nurraumes genügen nicht, um die Ereignisse und Ideen zu erklären, die mir so wunderbar erscheinen. Wir Erdbewohner haben es zu sehr mit der Reduzierung und schränken auch die ein, deshalb ignorieren wir die Errungenschaften der von der Erde aus gesehen weit abgelegenen neuplanetarischen Himmelsregion mit dem Planet der Gelehrten. In unserer allesbegrenzenden Einschränkungssucht ist uns entgangen daß es einem bei uns unbekannten Wissenschafler gelungen ist, ein Stück Nichts zu erzeugen. Ohne diese Tat wären meine Begleiter als im Nachhinein selbstprogrammierte und sich selbständig weiterentwickelnde Wesen und Personen nicht möglich. Da ein Nichts nicht so ohneweiteres erkennbar ist, konnte es nur dadurch nachgewiesen werden daß etwas das zu viel war ins Sein trat. Das erscheint normalerweise ausgeschlossen zu sein. (Auf der Erde hätte das zu einem Aufstand der Philosophen geführt und sie wären aus Protest in den Denkstreik getreten.) Durch den Einfall eines Gelehrten, die größtmögliche Komplikation mit sich selbst potenzierender beschleunigender unendlicher Zusatzkomplizierungsfunktion einzuprogrammieren, erschien in den Schriften auf den Bildschirmen aller Geräte die dort den Computern der Erde entsprechen ein zusätzlicher Punkt, von dem durch äußerst umständliche Methoden nachgewiesen wurde daß er nicht nur nicht den vorauszusetzenden unendlich verkomplizierten Eingaben entsprach, sondern unmöglich hinein oder selbstprogrammiert sein konnte. Nachdem die Punkte ohne Eingriffe durch wen oder was auch immer nach kurzer Zeit wieder verschwanden, wurde angenommen daß sich das erzeugte Nichts nach kurzer Zeit wieder auflöste. Daraus erwuchsen wieder Zweifel und Debatten weil es nach verbreiteter Ansicht keinen Ort und keine Zeit hat. Außerdem weiß man nicht recht warum es letztlich entstehen konnte und wieder verschwand, denn Grund hat es auch keinen. Etliche Gelehrte bezweifeln das und sind überzeugt daß all das dazugehört. Nachdem wir eine Zeitdauer annehmen, weil in der die Zusatzpunkte vorhanden waren, handelt es sich um einen inneren Widerspruch wenn wir annehmen daß es keine Zeit hat, aber für ein Nichts ist so ein Widerspruch natürlich oder nicht natürlich nicht völlig ausgeschlossen. Das finde ich seltsam weil es dann eine Eigenschaft hätte und dann wäre es nicht nichts sondern etwas, aber ich bin halt beschränkt. Aus dem gleichen Grund wäre es ungehörig daß ein Nichts nicht wäre oder nichts. Langsam wirds kompliziert. Oder nicht genug ? Die Robogeister, wie ich heimlich für mich die verehrten Schiffsbesatzungsleute nenne, halten mich für spaßig. Das sind Gedanken, die wir auf uns beziehen und für den in Betracht gezogenen Gegenstand keine zwingende Bedeutung haben. Ich sollte mehr Respekt zeigen vor den Gelehrten der Gelehrtenregionen und ihren Errungenschaften, ermahnen sie mich. Und ich soll sie nicht Robogeister nennen. Offenbar können sie zeitweise aus dem Nichts heraus Gedanken lesen.

Wenn der Reisegast so ein zurechtgestutzter Zweifler und Nörgler ist bleibt nichts anderes übrig als ihn ins künstlich erzeugte Nichts zu befördern, denn das ist auch möglich. Allerdings nicht hier, so leid es uns tut, sondern nur in der Gescheiteralsduregion und wir müssen uns dorthin begeben. Das Raumschiff wechselt während der Reise zum Gelehrtenplanet mehrmals seine Gestalt, vielleicht damit den Passagieren nicht fad wird. Einmal wird es zu einem eckigrunden Blasengebirge, dann zu einem Berg ineinander verhakelter Haken, zu einem Blasebalg mit hundert runden pfeifenden Öffnungen, zu einer ohrenbetäubenden Lärmrakete, zu einem Segelschiff mit Wimpeln, summenden Drähten und Fanfaren, zu einem einfachen schaukelnden Schinakel sodaß mir schlecht wird. Wer fragt schon ob es mir gefällt. Den anderen wird jedenfalls nicht langweilig. Sie streiten wie besessen während der wilden Fahrt. Die einen verfluchen die anderen weil die nicht glauben wollen daß alles Existierende ebenso ein Nichtexistierendes ist, was von denen als ein verkümmertes Pseudonichts verspottet wird, ein Alibi fürs Nichtstun, ein Ausweichmanöver statt sich in die berauschenden Wonnen der Überwindung des üblichen Elendsdahinnudelns zu stürzen. Das ist mir zu aktionistisch, während mich das erstere an die Argumente des altgriechischen Philosophen Gorgias erinnert, der gemeint hat, alles was ist kann weder sein noch nicht sein. Daher muß es nichts sein. Daß es nicht ist kann nicht sein weil es offenkundig ist daß es ist. Es kann aber auch nicht sein, sonst müßte es aus dem Nichts hervorgegangen sein, was für die griechischen Weisen ungehörig war wenn sie es in damalige oder spätere Schullehrbücher schaffen wollten. Oder alles was es gibt müßte schon seit jeher existiert haben. Das geht auch nicht, denn durch die unendliche Verbreitung und Ausdehnung der unendlich vielen Etwasse in Raum und Zeit müßte ein Etwas im anderen und alles in allem enthalten sein und das geht nicht. Ich dachte mir aber daß die Etwasse nur relative oder scheinbare Grenzen haben, unendlich ausgedehnt sein und einander enthalten könnten, auch wenn sie keine Ausdehnung haben, denn in dem Fall haben sie auch keine Grenzen. Durch den Streit meiner hochintelligenten Reisebegleiter kommen mir wieder Zweifel. Ich fürchte, wenn ich mich einmische fällt ein Teil von ihnen über mich her und die wildüberzeugten Robogeister reden mich grün und blau. Ich mache mich am Ende auch noch bei denen unbeliebt zu denen ich eher neige, schon allein deshalb weil gemäß ihrer Meinung all die Etwasse bleiben oder sich entwickeln können wie sie sind oder sich verändern, während sie außerdem nichts sind. Das ist beruhigender. Wenn sich dagegen alles auflöst, wie es auf der Erde unter den Menschen öfter in Gang kommt, hat das mitunter verheerende Folgen. Wenn die zu lange ausbleiben wird uns fad, daher lassen wir es gern im Untergrund ein wenig grummeln.

Die Robogeister scheinen mich ganz vergessen zu haben. Erst als wir uns dem Zielort nähern fällt ihnen meine Existenz wieder ein. Ihr Streit um nichts wird durch die Idee verkompliziert daß es sich um den Zustand völliger Bewußlosigkeit handeln könnte. Das wird angezweifelt. Die Bewußtlosigkeit könnte ein Zustand des Gewahrwerdens sein ohne Gedächtnis im üblichen Sinn, das es aber im unüblichen Sinn geben könnte. Eigentlich bleibt doch alles im Subjektiven, das auch sonst kaum hoffen kann, zu den Objekten in ein angemessenes Verhältnis zu kommen, auch wenn das Objekt das Nichts ist. Andrerseits wurde es immerhin erzeugt, also muß ich es kennenlernen. Wie nett ! Ich kriege Angst. Dann werde ich neugierig. Irgendwie habe ich den Eindruck oder die Ahnung daß ohnehin nichts dabei herauskommt.

Der Gelehrtenplanet wartet gleich mit einer Überraschung auf. Er heißt zwar so, besteht aber nicht nur aus einem Planet, sondern aus vielen, außerdem aus Monden, Asteroiden, sogar aus gigantischen Raumstationen und künstlichen Weltraumgebilden zwischen all den Himmelskörpern. Das sind lauter Zweigstellen, die alles und jedes erforschen und untersuchen, spezialisiert und allgemein. Da ist ein Laborplanet, dort ein kosmischer Allesvermischnebel, ein Allesauflöser im Beinahevakuum, ein pompöser Allesverwirrmond umkreist ein unterhaltsames

Abenteuersanatorium. Ein theoretisches Formellabyrinth zieht sich von einem Forschungsplanet zum anderen bis weit über die Grenze des dortigen Sonnensystems hinaus. Es wird behauptet daß sich viele Wissenschaftler so sehr darin verirrt haben daß sie nie mehr herausfinden und ein Teil von ihnen soll darin spurlos verschwunden sein. Für mich ist ein Lift ungewohnt, der hunderttausend Etagen hinauffährt, noch dazu wenn die Kabine aus einer unsichtbaren Hülle besteht, die nur manchmal Lichtsignale zur Orientierung aussendet. Monumente der berühmtesten Gelehrten, die von der Planetenoberflache bis zur Höhe der nächsten Mondbahn hinaufragen sind keine Seltenheit, zum Beispiel des Erfinders einer Vorrichtung, mit der äußere Schichten ihrer Sonne durchquert werden können. Zum Glück brauche ich eine solche Reise nicht mitzumachen, denn mir armem Erdbewohner droht ein Sonnenbrand oder ein Sonnenstich. Einer der Urheber der Verlängerung des Gelehrtenlebens auf das mehr als zehnfache eines langen Menschenlebens hat sogar sein Denkmal überlebt, das ein ungeplanter Meteor zertrümmert hat, worauf ein neues meteorsicheres errichtet wurde. Er starb zwar vor der Fertigstellung, aber das Sterben ist dort nicht für immer , sondern eine erholsame Unterbrechung mit vollständiger Erneuerung und Verjüngung im Mausoleumsanatorium sodaß er sein Denkmal bereits fertiggestellt vorfand als er zum Weiterleben erwachte. Nur mit der Fortpflanzung klappt es selten, weil sie an die geistigen Fähigkeiten der Neuausgebrüteten allzu hohe Anforderungen stellen. Daraus resultiert eine Skepsis, die das Ausbrüten neuer Kollegen verzögert, dafür kommen die seltenen Neugeborenen oft als Genies auf die Welt und verblüffen die Älteren mit umwerfenden Ideen. Äußerlich sind die Gelehrten menschenähnlich, aber unbehaart, doppelt so groß und sehen auch in hohem Alter niedlichen armen Waisenkindern ähnlich.
Es ist sogar für meine Robogeister nicht leicht, sich hier zurechtzufinden. Auf der Suche nach dem für mich vorgesehenen Institut für praktische und theoretische Nihilistik haben wir uns mehrmals vollständig und zweimal zum Institut für theoretische und praktische Nihilistik verirrt. Wir wären ohne die häufig auftauchenden künstlichen Hilfswegweisergeister vollständig verloren gewesen, zumal es viele Institute gibt, die auch ihre Beratungsdienste für verwirrte Versuchskaninchen anbieten und Nothilfe leisten wenn jemandem das Nichts zuviel wird und er es nicht mehr aushält. Zu manchen Zeiten breitet sich die Epidemie der ins Wahnhafte gesteigerten Nihilose aus, wenn sich die Nihiloten einbilden, im Nichts gelandet zu sein und nicht mehr herauszufinden obwohl sie gar nicht drinnen sind, weil sich das Erlebnis in demselben durch nichts oder sehr wenig vom üblichen Zustand unterscheidet, in dem sie in Wirklichkeit sind. Zunächst waren es vorwiegend Einheimische, die nihilotisch befallen wurden, jetzt sind es fast nur noch neugierige Reisende aus allen Weltgegenden und hie und da seriös Forschende. Daher reagieren die zum Glück meistens freundlichen Gelehrten mit einem gleichgültigen „ Schon wieder ein Nihilot ! " wenn ich ihnen über den Weg laufe. Meine Robobegleitgeister erzählen mir daß ihr letzter großer Gelehrtenkrieg über die Frage, ob es etwas gibt das wir wissen können oder nicht oder nur in verzerrter Form hunderttausend Jahre zurückliegt. Damals wären sie an den Folgen dieses Streits beinahe ausgestorben, doch seither haben sie es geschafft, sich in freundliche Wesen zu verwandeln, die auch die verwickeltsten wissenschaftlichen Fragen, bei denen kaum noch jemand weiß worum es geht, geduldig und ausdauernd behandeln, wobei viele der Langweilsucht verfallen, wie die Nihiloten der Sucht nach dem Nichts. Je weniger dabei (bei beidem) herauskommt, desto gieriger werden sie danach und bezeichnen das als wahren Fortschritt, der darin besteht daß man nie ans Ziel kommt. Wenn das langsam genug geschieht, kommt die Sucht auch für mich in Frage. Die Suche nach der für mich richtigen Adresse scheint die Robogeister nicht zu begeistern, während ich sie faszinierend finde, weil sich die Gebäudegebirge, Gestelle und Türme, an denen wir vorbeiirren, immer wieder verbiegend verdrehen, ausstrecken, zusammenquetschen, sich wellen, Kanten bilden, zerbröseln und neu

zusammensetzen, wobei sie in die Zwischenräume hinein farbige, ineinanderfließende Wolkengebilde ausspeien und umherschweben lassen, die sich umformen, zergehen, neubilden und wieder umformen. Vermutlich sind das herbeigezauberte optische Effekte. Unser Raumschiff, das ich wegen seiner Flugkünste Drachenfliege nenne, mußten wir zurücklassen und schweben auf Plattformen und in unsichtbaren Kabinen durch die Gegend.

Als ich endlich im richtigen Versuchsraum auf einem verdächtig bequemen Stuhl ruhe, erfahre ich vom sympathischen Versuchsleiter daß ich nichts weiter tun brauche als zu warten. Das ganze Nichts ist mitsamt der Beförderung insselbe im Boden unter mir einprogrammiert und wird sich in wenigen Minuten ereignen. Es kommt wenn oder wann es will, das könnte auch Jahre dauern, aber das ist unwahrscheinlich. Ich muß dabei eingeschlafen oder bewußtlos geworden sein, denn einen Moment später erfahre ich daß ich zehn Minuten lang vom Nichts ergriffen war. Jetzt habe ich eine Ruhepause, es gibt nur einen Versuch pro Tag, der dort länger dauert als bei uns. Beim nächsten Versuch bleibe ich munter und es ereignet sich nichts, jedenfalls nichts Außergewöhnliches. Ich war im Nichts und es ist mir nicht aufgefallen. Der Versuchsleiter applaudiert begeistert und sagt daß sich mein Gesicht ein wenig aufgehellt und gelbgrünlich verfärbt hat, was sonst nicht der Fall gewesen wäre. Ich antworte daß es kein Wunder ist wenn ich erblasse, denn wenn einem das Nichts begegnet von dem man nichts bemerkt kann man Angst bekommen. Es handelt sich um eine unterschwellige Angst. Der Versuchsleiter merkt daß ich ein wenig skeptisch bin und sagt ich soll für den nächsten Besuch ein Buch mitnehmen. Er wird den Raum verdunkeln. „ Dann werde ich nicht lesen können " sage ich. „ Abwarten " antwortet er. Ich soll es versuchen. Beim nächsten Versuch ist es so dämmrig daß ich zwar die Buchstaben gerade noch undeutlich sehe, aber nicht mehr im Buch lesen kann. Auf einmal wird es ein wenig heller. Ich merke daß von meinem Körper ein mich umhüllendes und die Umgebung ein wenig aufhellendes Licht ausgeht. Es reicht gerade aus, mir das Lesen im Buch ohne viel Mühe zu ermöglichen und den Inhalt nicht zu verstehen. Mir wird unheimlich zumute. „ Das ist der Beweis ! " ruft der Versuchsleiter. Ich bekomme Angst. Am nächsten Tag fühle ich einen Strom durch den Körper rieseln und beleuchte den Versuchsraum so stark, als hätte ich mich in eine elektrische Lampe verwandelt. Der Versuchsleiter lacht. Mich packt die Lust, im Buch weiterzulesen und die Gier, mitzubekommen was da drinnensteht. Ich habe vergessen, es mitzunehmen. Allerdings hat sich diesmal das Leuchten durch schneller als Zigarettenrauch vorbeiwogende Wolkenringe angekündigt, graue Os, die miteinander durch Bögen verbunden sind. Das stimmt den Versuchsleiter bedenklich und er sagt daß so etwas sonst nicht vorkommt und ich soll einstweilen keine weiteren Experimente mehr machen. „ Angsthase ! " rufen mir die Robogeister wohlgelaunt im Vorraum entgegen. „ Fade Nullen sind dir begegnet, die passen zu dir ! "

Diese Gelehrtenwelt untersucht und lehrt eine Unmenge Wissensgebiete, viele von ihnen sind uns Erdenmenschen unbekannt. Beispiele sind Halbsternquadratistik, Querulanzakkumulatorenbau, rotierende Höllenlaternharmonienlehre, Risikolabyrinthverwirrer im Massenformat und als vereinzelte Größe, Verspätungsstrategien im Fahplanstadium der verhinderten Verteuerung. Alle können teilnehmen, auch die wahrnehmbaren und unwahrnehmbaren Besucher von fernen Galaxien und anderen Welten außerhalb unseres unendlichen Universums. Für die mitunter ungewohnten und schwer erkennbaren Erscheinungsformen der Gästewesen wurden Spezialprogramme entwickelt. Sie können nur durch die unergründliche Nichtsvermittlung hierhergelangen und die anderen zu ihnen, darunter auch ich.

Mit der Zeit fällt mir ein erwachendes und größer werdendes Interesse an mir auf. Es hat sich herumgesprochen daß ich von der Erde bin und die Erde gilt auch dort als der Planet der

Verrückten. Das macht sie neugierig auf ein solch seltenes Exemplar. Fast nie verirrt sich ein solches zu ihnen. Die Gelehrten urteilen nicht und sie bewerten uns nicht negativ wie die anderen Bewohner von Neuplanetarien, wir ziehen ihren forschenden Eifer auf uns, mit dem sie alles untersuchen und wissen wollen.
Das bedeutet nicht daß sie über uns so wenig wissen wie wir über sie und deshalb auf mich neugierig sind. Sie wissen über uns besser Bescheid als wir selber und ihre Humanspezialisten kennen jeden einzelnen von uns genau. Manche waren mehrmals bei uns ohne daß wir es bemerkt haben. Sie stifteten Strohmänner dazu an, Meinungsforschungsinstitute zu gründen und mit ihren Befragungen das Innenleben der Menschen und ihre Lebensumstände auszuspionieren. Die außerirdischen Forscher sammeln riesige Mengen an Daten, die ihre Gedankenauswertungsmaschinen speichern und ihnen verarbeitet zur Verfügung stellen, wodurch bisher unbekannte Gedankenkombinationen, unvorstellbare Schlußfolgerungen und haarsträubend treffende Theorien entstehen. Sogar die Gelehrten ganz anderer Wissensgebiete interessieren sich für uns, weil wir die kosmisch anerkannten Verrückten sind und ich bin ihnen als ein besonders prächtiges Exemplar in die Hände gefallen. Ich bin schon jetzt eine Berühmtheit, erwecke die Neugier der Verwaltungsobrigkeit und das führt dazu daß mich das Staatsoberhaupt zu einer Privataudienz einlädt. Es handelt sich um niemand Geringeren als Seine Wenigkeit Prinz Weißvonnichts von Ahnungslos, der in seinem Himmelspalast residiert, der zwei Planeten, mehrere Monde und den kosmischen Raum dazwischen und rundherum einnimmt. Ahnungslos ist der Name des Ursprungsplaneten, von dem aus in den Urzeiten die Expansion der Gelehrtenrepublik begann. Auch er ist im Besitz der Dynastie und der Prinz hat ihn mit seinen Mitteln zu einem Museum der Entwicklung der Wissenschaften und der Technik umbauen lassen, das von Besuchern aus allen Welten aufgesucht wird. Ganz am Anfang herrschte ein König, doch dann kamen die Gelehrten und seither leben sie in ihrer Republik. Das einflußreiche, aber machtlose Staatsoberhaupt vererbt seinen Titel nach hundert Jahren an den von ihm bestimmten Nachfolger, wobei Ahnungslos nicht einfach keine Ahnung bedeutet, sondern auch das Gegenteil, das Los der Ahnung, in der die ersten Gelehrten lebten und in der sie nach wie vor leben. Das brauchen sie, weil sie wissen daß jedes Intelligenzwesen mehr nicht weiß als es weiß. Was wir wissen ist eine Insel im Meer des Zaubers, des Unbekannten. Der Prinz ist kein mächtiger Herrscher sondern ein rein repräsentatives Staatsoberhaupt, dessen Anerkennung aus symbolischen Gründen nicht nur für die Gelehrten wichtig ist, sondern für alle Regierungen von Neuplanetarien, auch wenn sie über mehr Macht verfügen. Es ist eine geheiligte Tradition daß ihm alle huldigen und daß er sie alle Kraft seiner tradierten Weisheit bestätigt, ähnlich wie es beim Papst im Mittelalter oder beim Großmogul in Indien der Fall war. Die gegenseitige Anerkennung ist für alle von großer Bedeutung, nicht nur für den mächtigsten Herrscher. Sie erfolgt in einer einfachen Zeremonie, die den Worten nach zum Streben nach Frieden und Wissen verpflichtet. Man kann sich vorstellen, welchen Eindruck wir Menschen in Bezug darauf auf sie machen, aber wir gehören nicht zu Neuplanetarien und haben bei den Gelehrten eine Art von Narrenfreiheit. Der Prinz ist nicht der bedeutendste Gelehrte und auch nicht der oberste Verwalter des Staates. Dieses Amt übt ein von der Mehrheit aller Gelehrten unter mehreren Kandidaten ausgewählter höchster Beamter aus, der mit seinem von einer ebenfalls allgemein gewählten Versammlung kontrollierten höchsten Weisenrat vom Prinz in einem Symbolakt den Auftrag dazu erhält.

Die Intelligenz des Prinzen ist aber nicht zu unterschätzen. Auch er verfügt über ein unglaubliches Gedächtnis und weiß über eine Unmenge von Dingen Bescheid. Das zeigt sich nach der kurzen Begrüßungszeremonie, bei der jeder die flache Hand auf die Stirn legt und sagt :

„ Auch ich weiß von nichts. Wir wollen es wissen ! "

Es überrascht mich daß er auch über mich so viel weiß daß es von meiner Seite zu einem verlegenen Versteckspieldialog kommt wie bei unseren Psychobefreiungstherapien und dann zu einer schwierigen Diskussion über meine Spintisierereien, mit deren er sich besser auskennt als ich.

„ Es ist lobenswert daß auch du zu jenen gehörst, die sich mit dem Gedanken eines Nurraumes beschäftigen, wie es bei uns vor zweihunderttausend Jahren groß in Mode war. Aber viele unserer Gelehrten sind recht skeptisch in Bezug auf deine Ideen der Ortsveränderung. Sie halten deine Gedanken und Selbstgespräche dazu für wirres Zeug. "

Ängstlich und verlegen bestätige ich ihm daß ich, wenn auch nicht ohne Zweifel, der Ansicht bin daß sich etwas das sich im Raum befindet, in entgegengesetzten Richtungen zugleich bewegt, weil er unendlich ist. Der Zweifel besteht darin ob dies nur bei nurräumlichen, rein geometrischen Etwassen tollkühn behauptet werden kann oder auch bei materiellen, denn auch sie bewegen sich im Unendlichen, daher können sie sich nähern, während sie sich entfernen. Die Frage ist ob sie auch in weitem Abstand sich voneinander wegbewegend zusammenstoßen können.

„Materielle Zusammenstöße, sind, weil die Atome zu weit voneinander weg sind um zusammenzustoßen, die Folge von so etwas wie Krafteinwirkungen sodaß die Frage des Abstandes nicht ausschlaggebend sein muß."

Das klingt recht willkürlich. Es meldet sich ein schlechtes Gewissen.

„ Unsere Gelehrten sind da skeptisch. Ein Gelehrtenkonzil hat solche Ansichten schon vor 110 000 Jahren verurteilt und seither sind wir vorsichtig mit voreiligen Fehlschlüssen oder verdächtigem Zielschließen ins Blitzblaue."

„ Ich bin auch unschlüssig und weiß nicht recht gerade krumm und oder so."
Ich stottere schon herum vor Aufregung und Angst vor einer Blamage und verliere den Zusammenhang.

„ Deine Geschwindigkeitsideen sind nach Ansicht vieler meiner Kollegen ein Unsinn. Es geht um deine Höchstgeschwindigkeit der Gleichzeitigkeit. Ein Punkt verschwindet und taucht zugleich am Ziel auf. Da es Ziele in verschiedenen Richtungen und Abständen gibt, erfolgt der Ortswechsel zweier Objekte zu zwei verschiedenen Zielen gleich und verschieden schnell zugleich. Viele von uns lehnen das ab."

„ ja sicher aha soso. Ich wollte hm ich gebe zu daß es noch einen Einwand gibt der mich selber verunsichert. Nach meiner Annahme könnte sich ein Punkt in Gleichzeitigkeit auch in unendliche Entfernung davonmachen. Er taucht zugleich an jedem Ort bis ins Unendliche auf und verschwindet. Gibt es in endlichen Entfernung ein Ziel, bleibt er dort, liegt das Ziel unendlich weit weg, besetzt das Wasauchimmer zur gleichen Zeit alle Punkte dieser Unendlichkkeit und verschwindet zugleich sodaß es im selben Moment vollständig verschwinden müßte. Es ist dann überall und gleichzeitig pfutsch und taucht nie mehr auf, wenn es sich das nicht anders überlegt und sich im selben Moment aus der Unendlichkeit heraus ein endliches Ziel aussucht und erreicht."

Die Rede stockt, ich habe eine Gedankenfluchtdenkpause. Um mich wirbelt es, doch jetzt bin ich von mlr nicht mehr zu bremsen.
„ Das ist irgendwie seltsam. Oder nicht seltsam genug ? Dann hätte ich noch die Idee einer größeren Geschwindigkeit als die der Gleichzeitigkeit im Angebot. In dem Fall taucht der Punkt oder sonstwas am Ziel auf bevor er oder sonstwas vom Losziehort verschwindet sodaß er oder es sich bis zu seinem Verschwinden vom Losziehort verdoppelt. Aber was ist wenn auch dabei kein Zielort auftaucht, weil sich das Losziehirgendwas ins Unendliche davonmacht und schon dort ist bevor es loszieht ? Auch dann wäre dieses eilige Etwas für immer verschwunden. Wenn das Ziel

nicht unendlich weit entfernt ist, verschwindet das Etwas vom Start umso früher und der Startpunkt liegt beim Verschwinden umso weiter weg vom Zielpunkt, je mehr die Gleichzeitigkeitsgeschwindigkeit überschritten wird. Wenn die Übergleichzeitigkeitsgeschwindigkeit unendlich ist müßte der Losziehort in unendlicher Entfernung und Vergangenheit verschwunden sein und es hätte das Ding nie gegeben. Oder es wäre losgezogen, aber unwahrnehmbar, weil es schon vorher, bevor es existierte, verschwand. Oder es gäbe eine unverständliche Unendlichkeit, aus der heraus ein unendlicher Rücksprung ins Gegenwärtige möglich ist. Manchmal kommt mir alles wie ein Resultat eines unendlichen Sprunges aus der unverständlichen Unendlichkeit vor. "

Nach diesem meinem Ideenamoklauf ist der Prinz sehr zufrieden. Bestätigt sich doch die dort verbreitete Meinung daß die Erde von Verrückten bewohnt ist. Das kommt daher daß wir jede Menge Giftstoffe als unsere sogenannte Nahrung in uns hineinfressen und saufen, deren eklige Überreste wir dann ausscheiden, wodurch verschiedene Arten von heimtückischen Räuschen entstehen, die wir durch noch giftigere Substanzen, wie Alkohol, Koffein, Haschisch und chemisch erzeugte Drogen ergänzen, um uns vollständig verrückt zu machen. Außer unseren Bosheits und Zornräuschen entstehen kindische Vernunftepidemien und mystische, politische und pseudowissenschaftliche Psychoprachtzustände, die durch unsere rhetorischen, literarischen und sonstigen Suggestivbräuche zum gefährlichen Wahnsinn gesteigert werden und uns zur Zerstörungswut aufstacheln. Sie dagegen ernähren sich ausschließlich von gesunden Flüssigkeiten, Heilkräutersaucen und von den Früchten ihrer intelligenzsteigernden Weisheitsbäume, die das Bewußtsein klären und das Denken schärfen. Als Dessert nehmen sie in ihren Laboratorien entwickelte lebensverlängernde Gedächtnispillen und ein unheilverhütendes Brausepulver zu sich, das die warndende Ahnung vor Gefahren stärkt und Überwindungsstrategien fördert. All diese Stoffe sind wohlschmeckend und werden nicht mit Gestank, sondern mit angenehmen Düften ausgeschieden. Ich koste ein paar von diesen mir großzügig angebotenen Dingen. Sie schmecken gut wie eine von ferne rufende Verlockung, machen mich aber so schläfrig daß ich meine Sättigung vortäuschen muß um nicht sofort umzusinken. Der Prinz läßt sich nicht täuschen und überreicht mir ein fad schmeckendes Aufmunterungsgetränk. Davon werde ich überwach und höre was er sagt als fröhliches Gezwitscher, das mir so sehr gefällt daß ich eifrig mitzwitschere. Das findet er so hinreißend daß er mich zur Belohnung für meine interessanten Ausführungen in seinen Harem aufnimmt, was zur Folge hat daß ich mit patschnassem Hintern in seinen überaus angenehm eingerichteten Gemächern herumlaufen darf.

Zum Glück behandelt er mich bei der Einweihungszeremonie in den Harem so gefühlvoll und vorsichtig wie es auf der Erde unüblich ist sodaß es nicht wehtut und sein empfindliches kleines Stück ist nicht so groß wie es seiner im Vergleich zu uns ungefähr doppelten Körpergröße entspräche. Sie sind Zwitter und annähernd die Hälfte von ihnen setzt mehr die weiblichen Organe ein, viele beide und manche beide zugleich. Der Rest der Übriggeblieben verhält sich passiv, sie lassen es wenn es hie und da dazu kommt über sich ergehen, befriedigen sich selber oder lassen es ganz bleiben. Ich gehöre zu den letzten drei Kategorien, aber eine der zum Gefolge des Prinzen gehörenden mehr weiblich orientierten Personen, die man hier umgangssprachlich als Haremsdamen bezeichnet und hoch in Ansehen stehen, verhilft nicht nur, wie es auf der Erde üblich ist, sich selber zu einem Höhepunkt, sondern durch ein Wundermittel, das sie mir nicht verrät, auch mir. Auf der Erde ist so etwas undenkbar. Abgesehen vom Erstnachtsrecht des Prinzen sind keine Verpflichtungen oder Einschränkungen mit dem Status des Haremsmitgliedes verbunden. Dumm ist nur daß meine Begleitrobogeister eifersüchtig sind und mich mit Vorwürfen überschütten. Sie reden zornig auf mich ein und rufen : „ Käufliches Subjekt, billiges

Luder, Fremdgänger, Hure ! " Dabei haben sie den Vorteil daß sie auch hier auftauchen und verschwinden wann und wo sie wollen, während ich das nicht kann. „ Schande ! " ich schäme mich. Was kann ich dafür ? Ich schäme mich trotzdem. Insgeheim bezweifle ich den Ernst ihrer Vorwürfe, ich weiß daß sie mich gern necken, außerdem habe ich den Verdacht daß sie in heimlichem Einverständnis zur Staatlichkeit von Ahnungslosien stehen. Dagegen wäre nichts einzuwenden, aber daß sie mich über ihre Beziehungen nicht aufklären verstimmt mich etwas. Dafür höre ich bald, wie sie im Nebenzimmer über mich tratschen und ein brüllendes Gelächter von sich geben. So ist das also ! Zum Glück haben sie so viel für mich getan daß ich ihnen nicht richtig böse zu werden brauche. Es geht mir hier gut und als Haremsmitglied habe ich unter anderem das Recht, bis auf wenige Teile den ganzen Palast zu besichtigen.

Ich bin in keinem Terem eingeschlossen, sondern kann mich herumtreiben wo und sooft ich will. Der gigantische Palast ist groß genug für jahrzehntelange Exkursionen (das Jahr dauert hier ein wenig länger als bei uns), er reicht bis weit ins Weltall hinaus. Deshalb brauche ich eine durchsichtige Blase zum Überallhinfliegen, die mich mit Luft versorgt und mich vor einer Überdosis Sonneneinstrahlung und sonstigem Ungemach schützt. Wenn ich auf einer Zauberfläche, die nach einem Wink vor mir auftaucht, die künstlichen Wegweisergeister herbeirufe, erscheinen sie sofort, helfen mir und erklären mir geduldig so weit wie möglich alles was ich brauche, wissen will und nicht verstehen kann. Meine Robogeister könnten das auch, aber die tun noch beleidigt.

Zuerst hinauf und immer höher, Weite, Größe, Übersicht auf immer mehr und immer weniger. Aus großer Entfernung tauchen durchsichtige Riesengebilde vor mir in meiner Reiseblase auf, schau hin, dorthin. Ich schaue an dem mir von meiner Reiseblase mitten in ihr gezeigten durchsichtigen Riesenblasengebilde vorbei aus der Reiseblase hinaus und endlich sehe ich etwas das schimmert, aufblitzt, sich verschiebt, schwindet und als viele Kilometer hoher und weiter Ballon deutlicher wird und durchsichtig bleibt. Erst ganz nahe an der Ballonhülle bemerke ich im Inneren farbige Strömungen und Wellen, ich will da hinein und bin drinnen, es stülpt mich ohne meine Blase hinein und ich schwebe in einem riesigen leuchtenden Farbozean. Er besteht nicht aus Wasser, sonstiger Flüssigkeit oder etwas anderem, sondern nur aus Farbe, abgesehen von der mir aus meinem Reiseballon mitgegeben mich umhüllenden Luft, die ich atmen kann und einen angedeuteten Frühlingsrausch bewirkt. Was für ein leichtes prächtiges Gefühl, hier im blauen Ozean zu schweben und die tiefblaue Farbe zu trinken, die an manchen Stellen strömt, sprudelt, sich wellt, tropft, dann stillsteht, durchsetzt von grün, silbern und in verschiedenen Spielarten von Blau aufleuchtenden Punkten, Figuren, die sich verformen und wieder in weitem durchsichtigen, diesmal lichteren Blau verschwinden oder sich verwandeln und flüchtig andere Farben annehmen, gesprenkelte Flächen bilden, aufblitzen, verlöschen. Ich trinke mich voll, bekomme einen Himmelblaurausch und ertrinke im Farbozean. Die Hilfsgeister des Farbozeans eilen herbei, retten mich, erwecken mich wieder zum Leben und sagen mir daß es vielen Besuchern so ergeht, auch den Einheimischen, viele Gelehrte sind sogar besonders empfindlich, berauscht und begierig. Nach ihrer Spezialbehandlung geht es mir besser als zuvor und wieder versenke ich mich langsam genießerisch seufzend im Farbozean, diesmal tue ich es auf den dringenden Rat der ozeanischen Hilfsgeister hin vorsichtig und gemächlich. Nun schwebe ich in grünen Fluten mit allen Varianten dieser Farbe, in die sich weinrote Stellen hineinversenken. Nach einer Weile wechsle ich in ein klein wenig in Richtung Blau wechselnde Regionen mit kurz auftauchenden eingesprenkelten Splittern in allen Farben und in andere Farbregionen, doch trotz größerer Vorsicht ersaufe ich noch einmal in den Farben, muß ein zweites Mal gerettet werden und erwache in meiner Reiseblase. Höre ich im Hintergrund die Robogeister schadenfroh lachen ?

Lacht nur, es war herrlich und das Gefühl ist abermals wonnig. Das ist geradezu ein neues Leben !

Die Robogeister überlegen es sich jetzt doch anders und unterhalten sich wieder ernsthaft mit mir, wenn sie auch anscheinend eine Scheu haben, sich hier zu zeigen, optisch bleiben sie verborgen. Der Farbozean, den ich hier gesehen habe, so teilen sie mir mit, ist eine Illusion, die in mir wie in jedem anderen gemäß seinen Wünschen und Voraussetzungen erzeugt wird, eine künstliche Halluzination, ohne daß eine objektive Entsprechung dazu vorhanden wäre. Das verstehe ich nicht. Wenn mir etwas vorgetäuscht wird ist es als Vortäuschendes und Vorgetäuschtes da, aber sie sagen, da war nichts. Warum war es als räumliche Erscheinung da ? Andrerseits, wenn ich träume, sehe ich eine Menge räumlicher Erscheinungen und der Traum täuscht nichts vor, er ist wie und was er ist. Aber wo, das ist weiß ich nicht. Die Träume umgeben mich mit lauter Parallelräumen. Auch der Farbozean täuscht nichts vor, auch eine Halluzination nicht, sie zeigt was sie zeigt oder läßt es hören, eine damit verbundene Täuschung ist sekundär, unsere Gedanken gaukeln uns etwas vor, sie kombinieren Wahrnehmungen mit Erfahrungen, erzeugen einen Irrtum, sonst wärs keine Täuschung. Andrerseits sind die Gedanken mit den Halluzinationen verbunden wie mit allem anderen, denn die Gedanken sind im Gedächtnis außer sie sind vergessen, dann bleiben sie im Verborgenen. Ich bin es gewohnt daß etwas von uns aus uns heraus ergriffen wird wenn sich Formen bilden, die sonst nicht zu sehen sind. Im Traum auch ? Wahrscheinlich.

Größer, weiter, noch höher hinauf ! Dort ist ein noch größerer Ballon, durchsichtig wie der andere. Nahe seiner Außenhaut sind im Inneren undeutlich veränderliche Formen und Gestalten zu sehen. Es stülpt mich hinein, fragenichtwie, gerade noch draußen bin ich im selben Moment drinnen, fragnichtwarum, kenne mich nicht aus, wo bin ich, die Gestalten haben sich vervielfacht, sie wachsen aus dem Nichts (aus mir ?), fragnichtwieviele, schwinden oder bleiben, werden beweglicher, eilen schnell, in Schwärmen oder einzeln, fragnichtwohin. Es öffnen sich Freiräume mit weiter Aussicht, hier ist alles, weitester Raum, winklige Verengung, Kleinheit, Gigantismus, Veränderung, Stillstand. Hier sind nicht nur Farben, die Formen sind deutlicher als im fließenden Farbozean, die Gestalten machen Gesten, viele tanzen einen ungleichmäßigen Tanz. Zwischen ihnen taucht eine Herde von Gelehrten auf, die brummen, knurren, quietschen, bis in allerhöchste Tonlagen singen und sich zwischen vielfältig geformten Gebilden davonmachen. Komplizierte Wandgeflechte öffnen sich zu unermeßlich weiten (oder nahen ?) Vertiefungen, Nischen, Rohrlabyrinthen. Maschinenverflechtungen klicken und klappern und alles spricht eine mir unverständliche Sprache, sendet unleserliche Schriftzeilen aus, verständigt sich in Gesangsmosaiken, deren Verzweigungen ich nicht folgen kann. All die beeindruckende Vielfalt ermüdet mich, halb betäubt frage ich mich wie ich wieder herauskomme. Ich habe mich vollständig verflogen, weiß nicht von wo und wie ich hereinkam und bin wieder draußen in meinem kleinen Reiseballon. Eigentlich ist er ein ebenso riesengroßer Raum wie die gigantischen Ballone, gemessen an Mikroben oder Partikeln, als die wir uns auch selber betrachten können. Die Ballonhilfsgeister haben meinen Wunsch erkannt und mich zurückversetzt.

Ich muß mich ausschlafen, um die Palastteile, die sich auf der Planetenoberfläche und unter ihr befinden, besichtigen zu können, wenigstens einen kleinen Teil. Bevor ich während der Rückreise von den Weltraumriesenballonen einschlummere, bin ich plötzlich von einem hellgrauen Nebel umgeben, das macht mir Angst. Gezeichnete, lebendig sich bewegende Vogelfiguren öffnen ihre Schnäbel, aus ihnen kommen haufenweise wirr durcheinandergewürfelte Zahlen und Buchstaben, setzen sich fest, umhüllen mich, das will ich nicht. Ich werde flach auf einer glatten Fläche aufgedrückt, es surrt zischt pfeift und alles ist weg. Die Robogeister sagen mir daß es sich um eine Störung handelt die von der Erde ausgeht. Sie werden versuchen, die störenden Einflüsse abzufangen, wissen aber noch nicht wie. Einmal erscheint statt dem Sternenhimmel vor und über mir ein riesiger Schreibnerd, mein irdischer Nachbar. Er hat die Augen geschlossen und schnarcht. Er ist weg. Parallele Doppellinien verlaufen wie Schienen vor, unter und über der Reiseblase, verlängern sich, überkreuzen sich oder ziehen in spitzem Winkel aneinander vorbei, ziehen sich ein, verwinkeln das All. Sie sind weg. Ich höre neckige Quakgeräusche, ein Blubbern. Es hört auf.

Herrlich ist das Schweben in den durchsichtigen Flugkabinen, durch die mehrere Kilometer hohen und breiten Gebäudekomplexe, das Vorbeigleiten an den noch höheren Türmen, über den Gärten mit den Kanälen und Seen mit ihren tiefblauen Wasseroberflächen, über den Wäldern, Hügeln, Wiesen, Feldern zwischen den Gebäuden, auf ihren Dächern und Terrassen. Das Klima ist angenehm warm. Ich gehe auf Feldern dem tiefblauen Himmel zwischen vielgliedrigen architektonischen Gebilden mit spiegelnden Türmen entgegen. Wenn ich in den Palastgärten durch die Wälder wandle, läßt die Sonne das Laub glitzern, durchstrahlt sattgrüne Blätter, läßt am Boden zwischen Kräutern bernsteinfarbene kleine Höhlen und seitlich in Sträuchern prächtige Nischen wie farbige Minerale aufleuchten. Meine Wohnung im Harem ist so geräumig und komfortabel daß ich in mir wie in der Drachenfliege, dem Raumschiff, den Wunsch aufkommen fühle, für immer oder wenigstens für sehr lange hier zu bleiben.

Der Prinz hat in der Umgebung des von ihm und seinem Gefolge bewohnten Palastes unzählige Räumlichkeiten für die angesehensten Gelehrten und ihre Mitarbeiter zur Verfügung gestellt. Außerdem haben alle Wissenschaften ihre Niederlassungen hier, wobei in unmittelbarer Nachbarschaft spezielle Forschungsstätten bevorzugt untergebracht sind, die besonders erstaunliche Möglichkeiten und Resultate hervorbringen. Ich merke aber bei aller Offenheit und Aufgeschlossenheit in der Nähe der Institute einen unscheinbaren Hang zur Abgeschlossenheit. Sie lassen es einem kaum merken, aber man spürt daß sie lieber in Ruhe gelassen werden. Vielleicht ist das nur in bestimmten Abteilungen der Fall, denn nicht alle Gelehrten sind so. Manche laden mich zu sich in ihre Forschungsstätten ein und versuchen mir geduldig zu erklären, worum es bei Ihrer Arbeit geht. Ich verstehe es nicht.

Es wird mir bewußt welch eine riesige Menge von Ramsch sich auf der Erde an mir festgeheftet hat, der mir momentweise als ein an mir angewachsener Berg eines losen Balkengewirrs phantomhaft fühlbar und in Gedanken andeutungsweise sichtbar wird. Ich gleite mit meiner Flugkabine durch weite unterirdische Rohre und geräumigere Flugkabinen für mehrere Personen fliegen vorbei. Sie brauchen keine Ubahnen, sie kommen mit den Kabinen überall schnell und sicher hin. Ich kenne mich mit den Verzweigungen nicht aus, aber die Flugkabinen kennen sich aus. Auch durch das Innere der großen Gebäude fliegen sie durch solche Rohre. Die Institute enthalten unter und überirdisch riesige Hallen, unzählige Räume, Gänge, Weite, Enge, Abgeschiedenheit und allen Komfort, Schlafsäle, Baderäume und Versorgungsautomaten. Wieder sehne ich mich danach zu bleiben wo ich bin, aber in einem der Schächte, die schräg nach unten führen werde ich wieder vom hellgrauen Rauschen mit einem Dauerquietschton darin und von weißem Nebel umhüllt. Die Tastorgane der Finger setzen teilweise aus und signalisieren etwas kribbelig Losgelöstes. Dann kommt wie aus der Tiefe des Schachtes ein deutlicher werdender Pfeifton, der Nebel läßt nach und hört wie das Pfeifen auf. Ich befinde mich in einer gigantischen Höhle viele Kilometer unter der Oberfläche. Sie ist so groß und licht daß kaum ein Unterschied zu oben draußen zu erkennen ist. Wie mir die Kabine mitteilt beträgt ihre Höhe zwanzig Kilometer und ihre Weite fünfzig, durch ein raffiniertes Spiegelsystem fällt das Sonnenlicht herein und strahlt wie oben draußen. Es gibt viele solche Höhlen, unzählige kleinere, aber auch noch größere.

Ich verlasse die Kabine und begebe mich zu einem großen fabrikartigen Gebäude. Durch eine Öffnung gelange ich in eine Halle und gehe durch einen langen dämmrigen Gang, in den in großen Abständen Quergänge einmünden. Leises Maschinengebrumm durchmischt von zeitweiligem Metallgequietsch ist zu hören, manchmal vibriert es ein wenig und es zischt, klirrt oder knackt. Zweimal poltert es erschreckend. Das Gangsystem wird verwinkelter und mündet in eine hellbeleuchtete Halle, die ich langsam auf der glatten, harten Bodenfläche zu durchqueren beginne. Wenn ich hinaufschaue sehe ich weit oben zwischen den kahlen Wänden leuchtende Farbgespinste. Schon nach wenigen Schritten überfällt mich wieder der Nebel. Diesmal ist wieder das hektisch neckische Quaken zu hören, Strichlinien gehen von mir aus und bilden ein Netz von Bahnen, auf denen sich kleine, boshaft glotzene Figuren begierig quakend fortbewegen und sich auf Umwegen nähern. Ich bin in ein dreidimensionales Pacmanspiel hineingeraten, in dem es die dahinquakenden Jagdmaxln auf mich abgesehen haben und mich als Hauptspeise fressen wollen. Sie bewegen sich zügig auf den Linienstrichen voran, schlucken sie und lassen sie als Punkte hinter sich zurück. Sie nähern sich von allen Seiten, aber ich habe Abwehrmaxln, die wirr umherstreunen und ich merke viel zu spät daß ich sie dirigieren, eine Verteidigungsstrategie entwickeln und dabei schnell genug richtig reagieren muß, sonst werden meine Abwehrmaxln von den gierigen Angriffsmaxln verschlungen. Immer wenn sie eine Anzahl von Strichen geschluckt haben, erreichen sie einen Freßumkehrpunkt, was zur Folge hat, daß sich meine Abwehrmaxln in Angriffsmaxln verwandeln und Jagd auf die nunmehr fliehenden bisherigen Angreifer machen und sie fressen können und zwar so lange bis meine Verteidiger ihrerseits einen Freßumkehrpunkt erreichen und sich wieder in Jagdwild verwandeln, das schleunigst durch das Linienlabyrinth fliehen und ausweichen muß um nicht mit einem lauten Blubb ! gefressen zu werden. Das sind gefährliche Unternehmungen, weil sich die Situation jederzeit umkehren kann sodaß meine soeben noch angreifenden Verteidiger von einem Moment zum nächsten zu Gejagten werden, wodurch sich meine Abwehrkräfte erschreckend reduzieren. Immer näher kommen die Angreifer, jeden meiner Fehler ausnützend, bald bin ich dran gefressen zu werden. Dazu schwirren boshafte Verwirrpunkte umher, sie erschweren die Sicht und die Berechnung der Freßbahnen, während ein Abwehrmaxl nach dem anderen mit einem Blubb und einem Abmurkszischen verschlungen wird. Die Situation ist bedrohlich bis aussichtslos, die gegnerische Fußballmannschaft dringt unaufhaltsam in den Strafraum ein, die Abwehr steht auf der Leitung, ich bin entblößt, da blitzt es vor mir auf, Farben leuchten, elektronische Grunzpfeifundklingeltöne sind zu hören und ich werde freundlich von verbogenen Zahnradzangengestellen und einem Gelehrten begrüßt : „ Wir haben dich schon früher erwartet. Hauptsache du bist da ! "

Ich habe, ohne es mehr als unterschwellig mitzukriegen, die leere Halle verlassen, bin mit einem bereitstehenden Aufzug nach unten gefahren, nach dem Öffnen einer Tür durch Gänge geirrt und in der Empfangshalle des Allerweltszentrums angekommen. Hier begegnen sich die verschiedensten Wesen aller Welten und Außerwelten außerhalb dieser Welten und es finden Versetzungen in dieselben statt. Die Versetzungen in andere Galaxien und in die Außerwelten erfolgen nur mental, ein Transportzauber dorthin ist solch körperlich schwerfälligen Wesen wie den Menschen nicht möglich. Durch ihren Körper unbeschwertere Wesen von Parallelwelten schaffen das.

Das Allerweltszentrum ist eine Kühlhaussauna, in der in den mikroskopisch kleinen bis riesigen Kühlräumen und Saunakammern Temperaturen von Null bis mehrere Millionen Grad Kelvin herrschen, weil viele der aus den Parallelwelten eintreffenden Wesen in solchen Temperaturregionen heimisch sind und sie auch hier brauchen. Das Begegnungszentrum ist entsprechend groß und reicht tief hinein in den Gelehrtenplanet. Die Außerweltwesen versetzen sich in die für sie geeignete Abteilung, aber auch in andere Gegenden unseres Universums. Manche sind auf über eine Million Grad hohe Temperaturen angewiesen und versetzen sich auch ins Innere von für sie geeigneten Sonnen oder in deren äußere Schichten. Unter ihnen kommen winzig kleine bis riesige vor, manche von ihnen leben so kurz daß sie nur von den speziellen Zeitlupenvergrößerungsapparaten der Gelehrten entdeckt werden können. Sie sind so schnelllebig und ihr Bewußtsein ist dermaßen schnell daß ihr für uns unerkennbar kurzes Leben für sie selber tausendmal länger dauert als das der Menschen für die Menschen oder das der Neuplanetarier für Neuplanetarier. Dementsprechend ist eine Begegnung oder die Kommunikation mit ihnen nur schwer möglich. Jemand wie ich muß von den darauf spezialisierten Versetzungsgelehrten mindestens einmal ins Nichts und dann in den Nurraum befördert werden, in dem eine Begegnung erfolgen kann. Mit vielen der außerweltlichen Gäste ist sogar eine Nurraumhochzeit möglich, eine Vereinigung durch die räumliche Durchdringung des rein geometrischen Nurraumkörpers des Außerweltgastes mit dem eines Neuplanetariers oder eines anderen Zentrumbesuchers. Beide bleiben dabei sie selbst, auch wenn sie durch die Durchdringung tief berührt werden. Ihre äußere Form kann im Nurraum beibehalten, aber auch willkürlich verändert werden. Die Nurraumhochzeit ist ein Erlebnis, das nicht nur zu vielfältigen direkten Mitteilungen und Erkenntnissen führt, sondern auch zu feinen extatischen und erotischen Gefühlen. Auch mit Besuchern aus den Außerwelten mit gemäßigteren oder keinen Temperaturansprüchen ist eine Nurraumhochzeit möglich und notwendig, wenn es zu einer mentalen Versetzung in ihre Welt kommen soll. Die außerweltlichen Tiefkühlbesucher begeben sich in die Abteilungen, in denen die Temperaturen nahe bei null Grad Kelvin liegen, also ungefähr bei minus zweihundertsiebzig Grad Celsius. Ihr Bewußtsein ist in der Regel enorm langsam und schwerfällig, dafür leben sie viel länger als die Menschen und die langlebigeren ihnen bekannten Lebewesen. Sie sind selten hier zu Besuch und halten sich manchmal auch in materiearmen kalten Weltraumgegenden auf. Ich selber muß zuerst ins Bad, dort werden die Störungseinflüsse von der Erde abgeblockt. Ich bekomme ein Badezimmer zugewiesen, zuerst liege ich in einer großen bequemen Wanne mit angenehm warmem Wasser und belebendem Schaum, der zart duftet. Nach zehn Minuten geht es unter die Dusche, deren Wasser kräftig herunterprasselt und den Körper massiert sodaß es immer mehr dampft. Für einen Moment macht mich der Dampf beklommen wegen dem weißen Dunst, der mich an die irdischen Störungen erinnert, dann genieße ich ihn, werde angenehm müde und darf im Liegeraum rasten. Ins Nichts brauche ich wegen meiner einschlägigen Erfahrungen nur einmal, dafür ist es hier spektakulärer. Ich schwebe im Weltall und meine durch das Nichts bedingte Überschußabstrahlung durchdringt es mit wellenartigen Schauern und läßt die Sterne erzittern.

Um eine virtuelle Versetzung zu erreichen muß ich mich zunächst in ein heißes Dampfzimmer begeben, in dem mich einen Moment lang der weiße Nebel neuerlich ängstlich werden läßt, dann wird kurz geduscht, in einem lauwarmen Bassin langsam geschwommen und in einem einschläfernd warmen Vorraum gerastet. Danach begebe ich mich in eine der Heißluftkammern und bleibe so lange drinnen bis ich die Hitze nicht mehr aushalte und in Ohnmacht falle. Dadurch werde ich in den Nurraum versetzt und warte bis mich ein außergalakrisches oder ein außerweltliches Wesen zur Nurraumhochzeit einlädt und mich mental in seine Welt mitnimmt. Nach der virtuellen Reise erwache ich im Ruheraum liegend, der auch eine Art Intensivstation ist sodaß ich auf Grund der medizinischen Kenntnisse der Bewohner des Gelehrtenplanets dort kaum sterben könnte.

Die mentalen innerweltlichen Reisen in andere Galaxien erfolgen in den Raumschiffen und gewöhnlich in Begleitung meines Nurraumhochzeitspartners. Sowohl das Raumschiff als auch wir beide sind als Phantome unterwegs oder als Pseudogeister, wir werden nicht wahrgenommen, außer von den Weisen der Hellseherplaneten, zu denen man aber selten eingeladen wird, ob man real daherkommt oder mental. In zwei Fällen schwebe ich Sternensystemen und leuchtenden Nebeln entgegen und erfahre mehr über deren Entstehung und Entwicklung als ich verstehen oder bewahren kann.

In einem weiteren Fall lerne ich einen Planet mit menschenähnlichen, äußerst dünnen und langen Bewohnern kennen, die in enorm hohen Türmen wohnen und zwischen diesen Wohnräumen umhersausen, weil sie als verlängerte Unterleibsröhre und auf dem Kopf jeweils einen elastischen Stampfer haben, der sie in die Höhe schnellen läßt und bei der Landung abfedert sodaß sie für ihre Verhältnisse sanft landen. Meinungsverschiedenheiten werden prinzipiell dadurch ausgetragen daß sie senkrecht in die Höhe schnellen und wieder ebenso schnell nach unten sausen wobei sie einen uns unbekannten Umkehrschub haben müssen. Wer höher und schneller aufundabsaust hat gewonnen. Das können auch mehrere sein und manchmal sind es so viele daß sich ein Teil der Planetenoberflache in einen imposanten Wellengang verwandelt. Die herbaroiden Röhrichtstampfer haben ähnlich wie unsere Flöten seitliche Öffnungen, aus denen Pflanzen hervorwachsen, die ihre Wurzeln und Stengel in ihnen als Nahrung zurücklassen und sich mit ihren Blättern und sonstigen Resten davonmachen, um sich irgendwo einzupflanzen oder als die Wunder der Pflanzenwelt lobpreisende Wandergewächse die Turmwelten der Röhrichtmenschen aufzusuchen und zu beglücken. Die begießen sie als Dank mit ihren Körperflüssigkeiten und wachsen noch mehr um die Wette in die Höhe. Außerdem geht es darum, welche ihrer Siedlungen die höchsten Türme baut. Deren Bewohner werden von den anderen am meisten bewundert und in allem nachgeahmt. Außerdem lebt auf benachbarten Himmelskörpern die Gattung der mit ihnen verwandten metalloiden Lärmrohrstampfer, die sich nicht von Pflanzen, sondern von akustischen Blähungen ernähren, die sie virtuos von sich geben. Etwas wie eine mehrstündige Explosionsoper ist für sie eine kleine Jause, eine gebirgig sich auftürmende Symphonie Diätkost, ein Affenkreischkonzert erweckt ihren Appetit auf Motorsägenorgien und sie erzeugen und verschlingen das alles gleichzeitig viele Stunden lang in für uns unerträglicher Lautstärke. Auf solche Weise sind sie verhältnismäßig nahrungsunabhängig außer es kommt zur gefürchteten akustischen Kollektivverstopfung oder zu einer Art Klangseekrankheit, die bewirkt daß sie keinen Laut mehr vertragen.

Die Wahrnehmung dieser Gegenden ist mir dort in der Gegenwart möglich, die von der Erde aus in der Gegenwart nicht und nur dort gesehen werden kann, wo sie ihrer Entfernung entsprechend vor langer Zeit waren, in der sie das Licht ausstrahlten, das nun bei den Beobachtungsstationen ankommt. Das ist auch in einer anderen Galaxie der Fall, in der ich Planeten kennenlerne, die von fliegenden Schnecken bewohnt werden. Sie scheinen in der Luft stillzustehen, so langsam bewegen sie sich voran und halten sich mit Vorliebe in den Lüften auf. Das ist ihnen dadurch nöglich daß sie anstelle eines Gehäuses eine luftleere Blase haben, die sie senkrecht hinaufträgt. Ähnlich wie viele Schneckenarten auf der Erde haben sie äußerst schnelle Geschlechtsorgane, die sich dort in der Flugschneckenwelt, wenn die Schnecken fliegen, in rasend schnell rotierende Propeller verwandeln, die ihnen einen Schub nach vorne geben, der für ihre langsame Fortbewegung ausreicht. Nachher strecken sie die langen Penise aus und die bestimmen die Flugrichtung. Diese Antennen der Schnecken ziehen einander an, sie suchen einen Partner und streben in seine Richtung, das treibt sie zusätzlich an, wenn der anfängliche Propellerschub nachläßt.

Es dauert manchmal herzzerreißende lange Jahre bis sie ihren Liebespartner erreichen, worauf sich beide aneinanderschmiegen und mit ihren Penisen rasend schnell umschlingen. Ein Unterschied zu unseren irdischen Schnecken besteht bei aller Ähnlichkeit darin daß sie regelmäßig einen Teil ihrer Geschlechtsorgane opfern und ihren Partner damit füttern sodaß sie nicht nur die Liebe antreibt sondern auch der Hunger. Da sie sich außer vom nahrhaften Wasser des Regens und aus Seen auf solche Weise ernähren sind sie nicht auf andere Arten von Lebewesen angewiesen und kümmern sich nicht um sie, zumal sie wegen ihren auch bei Gefahr extrem schnellen und spitzen Geschlechtsteilen keine Beute für andere darstellen und gemieden werden. Ihre beachtliche Intelligenz setzen sie nicht für Bauwerke, Maschinen, Wissenschaften oder andere den Menschen geläufige Kulturzwecke ein, sondern fast ausschließlich für Liebeserklärungen, sehnsüchtig werbende, traurig klingende Gesänge, Eifersuchtsarien und ergreifende Hymnen auf den Liebespartner. Wenn sich jemand inmitten solcher Flugbahnen aufhält bekommt er ein grandioses, schaurig schönes, vielstimmiges und völlig einmaliges Konzert zu hören.

Ein Nihilot im Außerraum

Jetzt bin ich schon recht müde, es hat mich schläfrig gemacht, den Flugschnecken bei ihrem langsamen Flug zuzuschauen wie der Bewegung eines Minutenzeigers. Meine Begleitschnecke bemerkt es und beendet die Exkursion. Sie hat ein feines, sanftes Gesicht wie ein kluger Mensch und ihre Stimme ist eine betörende Melodie. Wenn sie mich mit ihrem Penis umschlingen sollte wäre das vielleicht ein zweifelhaftes Vergnügen, aber beinahe sehne ich mich danach. Ich bin in eine Schnecke verliebt. Das dauert nicht lange weil wir, wie es der Brauch ist, zum Abschied unsere äußere Gestalt tauschen sodaß ich mich selber vor mir sehe, und zwar wie andere mich sehen und nicht wie ich mich selber im Spiegel sehe. Mein Gesicht schaut gewöhnlich und nichtssagend aus. Vonmiraus. Es kommt zwar bald zum Rücktausch und wir küssen uns sogar, ich küsse meine geliebte Flugschnecke und sie singt mir ein ergreifendes Abschiedslied vor, das aber bald dazu beiträgt daß ich kaum mehr die Augen offen halten kann. Zu dumm, statt ihren lieblichen Gesang zu bewundern schlummere ich ein, wache auf, sie ist weg, jetzt versinke ich vollständig in tiefem Schlaf und wache im Ruheraum auf. So gut es mir dort auch geht, der Nachholbedarf zwingt mich zur Rückkehr in die Haremswohnung und ich verschlafe den folgenden Tag.

Bei der Rückkehr ins Allerweltszentrum macht sich wieder der Störungseinfluß von der Erde bemerkbar. Ich werde hilflos und dumm, es tütet schwermütig, nebelt mich ein wenig ein. Sehnsucht nach irdisch langer Dämmerung kommt auf, im nächsten Moment Schwäche, leichte Verwirrung. Eine Sekunde lang sehe ich ein weibliches Gesicht, jugendlich, schmal, aber dort wo der Mund sein sollte ist eine fein zergliederte weiße Wand in Hufeisenform mit der annähernd waagrechten Wölbung oben, ungefähr vier bis fünf Zentimeter von der unteren geraden Begrenzung, wobei die beiden Seitengrenzen ein wenig nach oben hin zusammenlaufen. Es ist eine weiße Zahnziegelwand mit nicht ganz klar erkennbaren übereinanderliegenden Zahnreihen. Es gefällt mir nicht. Das Gesicht ist schlank, es verschwindet, ich stelle mir die Frau vor, sie ist schmal und beweglich, eine halbe Sekunde lang sehe ich sie von hinten auf einer Tischplatte stehen, sie tanzt ein wenig, ihre Taille wirkt wie eingeschnürt. In ihrem Nacken sind die Haare abrasiert, da ist noch ein Gesicht mit kleiner Nase und winzigem Mund, sie ist weg. Ich will sie mir nicht mehr vorstellen, nicht sehen, sie kommt ganz kurz mit schelmischem Gesichtsausdruck und nunmehr breiten Lippen wieder, sie bewegen sich, sie spricht höhnisch, sie ist weg. Der Nebel wird dichter, es pfeift dauernd, ich werde schwächer, müßte zurückkehren, wage es nicht wegen einer Scheu, irgendwo umzusinken. Eine mattgraue Scheibe begleitet mich als Nachbild der Hufeisenform. Ich merke kaum noch wo ich hintappe und bin auf einmal da. Ein Bad zur Störungsverhinderung ist fällig.

Mir ist übel, ich habe Rippenschmerzen und ein kaum benennbares Unsicherheitsgefühl im Körper, das einer leichten Schwäche entspricht. Ich stelle mir irdische Wasseroberflächen vor, sprudelnde Bäche, ruhige Flußstellen mit leichter Kräuselung, eine bläulich glatte Seeoberfläche, vor allem sie hat eine beruhigende Wirkung, besonders auf einem Liegebett nach der Dusche. Die Übelkeit vergeht, die Schmerzen lassen nach, die unruhige Spannung weicht einem sanft wonnigen Gefühl.

Aufgrund der Vielfalt, Unverständlichkeit, Unwahrnehmbarkeit und mitunter sogar Undenkbarkeit eines Teiles der Außerwelten handelt es sich bei den virtuellen Reisen zu ihnen im allgemeinen eher um erklärende Vorträge meiner Nurraumbegleiter mit von ihnen hervorgezauberten simulierten Darstellungen als um geistige Hineinversetzungen ins unbekannte Kaumvorstellbare. Es gibt Außerwelten, die unseren Vorstellungen einigermaßen entsprechen, andere tun es wenig oder gar nicht. Optische Darstellungen versuchen Gegenden zu zeigen, in denen es keine Bilder und nichts Sichtbares gibt, ich bekomme unsichtbare Wesen zu sehen, die ihre verschiedenen Gestalten nur einander zeigen oder bestimmten anderen oder die in ihrer Ausdehnungslosigkeit keine haben und die durch ein durchsichtiges Wölkchen angedeutet werden oder durch einen Pfeil, der ihren Ort und ihre Bewegungen anzeigt.

In rein akustischen Welten bringen sich die akustischen Wesen selber hervor und teilen einander ihre Existenz und akustische Gestalt direkt durch sich auftürmende Klanggemälde mit, indem sie sich ausbreiten, durchdringen und wandeln. Ihre Klangentfaltung wird für mich durch simulierte optische und akustische Darstellungen vermittelt. Bei ihnen entspricht das Akustische dem Optischen und Räumlichen, es handelt sich nicht um sprachliche Mitteilungen in unserem Sinn, denn das Innenleben der anderen ist für sie direkt erkennbar, sie leben zusammen im beständigen gemeinsamen Konzert. Sie werden leise, unhörbar und wieder lauter, aber es soll dort auch völlige Stille geben. In der Simulation klingen ihre Konzerte kristallklar, nüchtern, ich bekomme nur ansatzweise zu hören wie es dort sein muß, die optische Vorstellung verstärkt den Eindruck und deutet das Zusammenspiel der akustischen Wesen an.

Wir sind es gewohnt zu denken daß unser Bewußtsein entweder dem Leben unseres Körpers entspringt oder daß letzteres seine notwendige Vorraussetztung bildet oder seinen nötigen Begleitumstand, ähnlich wie zum Fluß das Flußbett gehört ohne der Fluß zu sein oder zur Wasserleitung das Rohr ohne deshalb das Wasser zu sein oder es hervorzubringen. In manchen der Außerwelten ist es umgekehrt, das Körperliche entspringt den Gedanken, sie bringen Materielles hervor, rein Geometrisches oder geisterhaft Ätherisches, das sich dem Bewußtsein zugesellt oder sich loslöst und umhergeistert.

In einem Fall lerne ich eine unendlich flache Ebene kennen, in der es nicht wie sonst eine Unmenge verschiedengestaltiger Wesen gibt, sondern unendlich viele, aber nur in einer einzigen Größe und Form, und die ist nicht einmal allzu kompliziert. Sie sind kesselartig, ungefähr glockenförmig, metallisch vieleckig beringt und haben wegstehende Spitzen, ähnlich wie sie an den Rändern von Stechpalmenblättern zu sehen sind. Sie heben und senken sich alle von Zeit zu Zeit, nicht um wie unsere Glocken hinundherzuschwingen und zu läuten, sondern sie zittern immer schneller und geben ein immer höher und schneller schnatterndes Gegurgel von sich, das in ein schrilles Quietschen übergeht und mit Sirenengeplärr abklingt, während sich die Glocken wieder auf die Ebene senken.

Ein anderes Metalluniversum ist die Metallramschwelt. Sie besteht, abgesehen von einzelnen großen Trümmern, aus kleinen bis winzigen Metallteilen in allen Formen die es gibt. Alles ist ein einziger Riesenramschhaufen, bestehend aus Bergen, Schluchten, Wellen, Abhängen, die sich ständig bewegen, einstürzen, aufschütten, zuschütten, rasseln, alles mit den entsprechenden metallischen Geräuschen, die mich ergreifen und mit solcher Gier erfüllen daß ich nur noch mitrollen rillen klirren rütteln springen prasseln wühlen klingeln rieseln will. Es handelt sich um eine Verpuppungsphase von Metallwesen, die sich aus den dortigen natürlichen Voraussetzungen zu roboterartigen Lebewesen entwickelt haben, die sich nach jeder solchen Metamorphose in noch intelligentere Lebewesen zusammensetzend zurückverwandeln.

In anderen Nirgendwos bringen die dortigen Geister und sonstigen Lebewesen Symbole hervor, Netze, Zahlen, Schriften, Schriftzeilen, Schrifttürme und Schriftlabyrinthe, aus denen sie selber bestehen oder sie bleiben dahinter, dazwischen verborgen, sie flüstern, reden, singen oder schweigen. Sie oder ihre Schriften erzählen Geschichten, teilen etwas mit oder nicht, sie verkünden nichts oder uns völlig Unverständliches. Auch sie gehören zu den Metamorphosewelten, sie können sich in das von ihren Schriften Geschilderte verwandeln oder in etwas anderes, manche verschwinden plötzlich oder sie tauchen aus dem Nichts auf.

In einer uns verständlicheren Welt leben zeitunabhängige, zeitübergreifende Wesen. Sie sind ausdehnungslos oder sie zeigen sich in den vielfältigsten Gestalten und ändern sie wie sie wollen, das eine Mal sind sie unermeßlich komplizierte Gebilde, dann einfacher, schräg pseudoquadratisch, verzerrt würfelig, ein anderes Mal fließend wolkig umherschwebend oder anders. Sie erleben alle Veränderungen und Bewegungen in einer für uns unbegreiflichen Gegenwart, in der alles für uns nacheinander Geschehende zugleich geschieht. Nach der Nurraumhochzeit vermittelt mir der oder die Zeitlose, der die hier zu Gast ist daß es für ihr Dasein keine Grenzen gibt, keinen Anfang und kein Ende, daß sie aber in ihrem Bewußtsein Grenzen für ihr Allesaufeinmalerleben setzen, um nicht ständig unendlich viel auf einmal erleben zu müssen, was einem zu viel werden kann. Die Freundlichkeit meiner Braut meines Bräutigams geht so weit daß sie er mir einen Zeitsprung in die Zukunft ermöglicht. Darauf hätte ich verzichten können und sollen. In dieser Zukunft werden sich die Menschen so viele Wünsche erfüllt haben daß sie kraftlos und verdrossen geworden sein werden und zudem stehen sie vor dem Aussterben. Nachdem sie bis dahin immer weniger Kinder zur Welt gebracht haben werden, sind sie nun vom mächtigsten zukünftigen Staatenbund von Neuplanetarien bedroht, wo mit ihrer Antimenschpropaganda ein von Fanatikern der neuplanetarischen kosmischen Reinheit beherrschter Planet die neuplanetarische Antimenschstimmung ausnutzend die Macht an sich gerissen haben wird.

Ich sehe grausame Szenen. Nach der Invasion einer Armee auf Grausamkeit programmierter Zerstörermonster auf der Erde findet die Jagd auf die letzten überlebenden Menschen statt, die ihnen entkommen konnten und sich in Höhlen und unterirdischen Labyrinthen versteckt halten. Besonders gefürchtet sind die hinterhältig konstruierten Spezialstangen der Invasoren, die jeden den die Monster finden unweigerlich zu Tode prügeln. Ob sie es wirklich schaffen, auch die letzten Menschen zur Strecke zu bringen ist fraglich. Die Menschen haben bis dahin trotz allem Leichtsinn raffinierte Abwehrmittel und Täuschungsmanöver entwickelt, die zumeist spielerischen Zwecken dienten. Außerdem haben sie es gelernt, sich wie in früheren utopischen Geschichten in ätherische Wesen zu verwandeln, die in unzugänglichen Höhen schweben. Die Schwierigkeit besteht darin daß sie es noch nicht ausreichend gelernt haben, sich zurückzuverwandeln. Das gelingt selten und hat eine Schwächung zur Folge. So könnte es sein daß die letzten Menschen gezwungen sein werden, sich umzuwandeln und nicht mehr als rückverwandelte Menschen weiterleben können sodaß es mit ihrem bisherigen humanen Leben für immer vorbei wäre. Dennoch sind die Aussichten daß sie in der einen oder anderen Weise die Invasion überleben nicht schlecht. Mein Nurraumbegleiter kann es mir aber nicht sicher sagen, denn die Allzeitübertragung aus den Außerwelten in unser Universum bringt Unsicherheiten mit sich, die es dort nicht gibt. Es kommt hier zum Zeitschielen, ein teilweises Nacheinandererleben, das sich in ihre Allgleichzeitigkeitssicht einmischt und sie trübt und verwirrt. So bleibt unsere Zukunft offen, wir sind in tödlicher Gefahr, aber es besteht noch Grund zur Hoffnung. Wie es im Ätherischen weitergeht weiß ich nicht, es lebt sich bestimmt leicht, spielerisch und schwebend. Ob uns das aber entspricht ist unklar, wir sind ja doch das harte, grobe, kernig erdgebundene Leben gewohnt.

Nach diesen Abenteuern bin ich so fertig daß mich nach dem Aufenthalt in der Intensivstation ein freundlicher Gelehrter zurückbegleitet, ich begebe mich sofort ins Schlafzimmer, falle erschöpft ins Bett und erwache am übernächsten Tag. Nach einer langen geruhsamen Tief und dann Halbschlafzeit erwachen die Glieder zu neuer Lebendigkeit, wollen sich bewegen, ich will aufbrechen, der Kopf ist klar und begierig nach Unbekanntem, der Weg soll ins Blaugrüne führen, durch die Gärten und weiter, den Gelehrtenpalästen und ihren Geheimnissen entgegen, dem strahlend blauen Himmel. Dann soll ich ankommen (sollen wir nicht alle ?), wo uns das Neue und Neuerlebte empfängt und zufriedenstellt und immer zu wenig zufriedenstellt. Auf ins große unterirdische Hallenbad, vielleicht führt mich der Zufall zur richtigen Zeit zum richtigen Ort, um nach einer berauschenden Nurraumhochzeit eine Welt kennenzulernen, von der ich gehört habe daß es in ihr für alles und alle Vorteile gibt und keine Nachteile. Es ist kaum denkbar. Wenn sich jemand oder etwas für die eine oder andere günstige Möglichkeit entscheidet, wäre es nicht ein Nachteil, auf die andere zu verzichten ?
Oder wäre beides gleich gut und daher keine Wahl ein Nachteil ? Oder ist es dort möglich, sich für beides zugleich zu entscheiden, weil es ein ausschließliches Entwederoder nicht gibt wie sonst überall ? Wenn aber doch, wäre das dann eine lustvolle Qual der Wahl, eine Verzichtswonne, ein jubelndes Verlustgefühl ? Bin ich zu neugierig ? Beglückende Fehlentscheidungen mit positiven Folgen könnte es auch bei uns geben, wobei die Enttäuschungen zu ihrer Rechtfertigung als Kontrasterlebnisse herhalten müßten, wie ich uns kenne. Das wäre dort nicht nötig. Es soll auch Welten geben, in denen die Nachteile überwiegen, aber sie zeigen sich nicht, Besucher kommen von dort sehr selten und wenn einmal doch halten sie hinerm Berg oder sie tun als wären ihre Nachteile Vorteile oder schweigen sich darüber aus. Offenbar haben sie Reiseundredebeschränkungen, Versetzungsverbote und eine Nurraumhochzeit ist mit ihnen kaum denkbar. Es soll aber welche geben, weil es wie unter Menschen auch bei den Gelehrten Höllensüchtige gibt und sie haben ihre geheimen Verbindungen und Verabredungen. Es soll Gelehrtenkreise geben, in denen eine solche Höllenhochzeit zum Prestige gehört. Je höllischer desto höher das Ansehen. Da mische ich mich lieber nicht drein.

Mir ist auf einmal mulmig. Es ist Zeit aufzubrechen. Ich mache mich auf den Weg in Richtung Überall, da geht's los. Ich versuche mich wo es geht und an mir festzuhalten aber es macht sich selbständig geht mit mir durch. Wie einer der merkt daß er bald umsinkt und weitere Schritte macht, von Meter zu Meter, von einem Moment zum nächsten gehe ich dem Allerweltszentrum entgegen, stramm wie ein Zinnsoldat. Endlich ist es soweit. Es wird kalt und heiß zugleich, es hebt mich empor während ich sinke, der Fußboden wankt, stellt sich schräg. Es pfeift, singt, der weiße Nebel ist da, schwindet, alles höhlt sich aus zu einem paradoxen Nichtsein des schwindsüchtigen Seins. Elektrischer Strom durchrieselt den Körper. Surrend bewegliche Partikel versammeln sich zu flimmernden Wolkenschwärmen und konferieren darüber ob sie mich gleich oder später, langsam oder schnell fressen wollen. Kein Zweifel, das Spiel ist verloren, die Angreiferquaxln haben meine Verteidigermaxln überrannt, aufgefressen und sind in meinen Strafraum eingedrungen. Elfmeter, das auch noch ! Ich weiß, als Tormann bin ich im Vorteil, der Schütze muß treffen, ich kann eventuell halten, aber die Torstangen sind so weit weg ! Es kommt darauf an, den Regeln entsprechend auf der Linie stehenzubleiben (nicht nach vorne springen oder umherhüpfen !) und im letzten Moment, wenn der Schütze schon am Ball ist einen Hechtsprung in die richtige Ecke zu machen. Ich mache ihn in die falsche Ecke, Tor, aus, jetzt bin ich gemaxlt, drollig, verheerend. Ich fliege noch immer ins falsche Eck und weiter. Endlich hauts mich auf, ich spüre es nicht, es saugt mich in den Boden während ich durch die Luft weitersause. Von allen Seiten rollt der Donner düsterer Materiewolken heran, die atomistisch zerrieseln und alles von allen Seiten überwölben. Es blitzt poltert kracht, schießt mich endgültig davon und im nächsten Moment stehe ich im Computerzimmer meines irdischen Nachbarn, der vor mir in ungewohnter Weise vom abgeschalteten Computer weggedreht auf seinem Stuhl thront, während mit einem zischend benommenen Gefühl aus meinem Mund und aus allen Körperteilen aneinandergereihte Symbole komplizierter Programmiersprachen herausströmen, die gleichzeitig die Umgebung in einen dichten Formeldschungel verwandeln, aus demselben in meinen Körper eindringen und ihn durchziehen, dabei den Verstand verwirren und blockieren. Ich rufe weit draußen an einem sehr bestimmten nahen Ort meinem Nachbar, dem Schreibnerd, etwas zu :

„ Was machst du mit mir ? Warum hast du mich hierher zurückgeholt ? "

„ Damit habe ich nichts zu tun " antwortet er.

„ Soso, und wieso treibst du dich dann selber als Halbgott in Neuplanetarien herum ? " schlingpflanzt es sich mühsam aus mir heraus.

„ Was geht das mich an was mein verirrtes Phantomich dort treibt. Die von dir verehrten Neuplanetarier werden uns ohnehin bald heimsuchen und umbringen, das weiß ich genau ! " Er hört sich an wie eine maschinell raunende Filmpharaonenstatue.

„ Und deshalb haben mich deine Computerprogramme geschluckt und lassen mich nicht mehr frei ? " Er antwortet mit gedämpfter aber nunmehr beinahe normaler Stimme :

„ Die Computer sind außer Kontrolle geraten. Mir egal. Hauptsache sie schreiben nun völlig selbständig was wir brauchen und wie es sich am besten verkauft. Sonst machen sie was sie wollen und spinnen komplett. Dafür ist jetzt meine Freundin zuständig, ich überlasse alles ihr. Sie bekommt dafür jedes zweite Buch als Autorin und wird immer verzweifelter, weil nicht einmal sie mehr das Computerchaos bändigen kann. Ich kümmere mich um überhaupt nichts mehr. Das wahre Leben liegt im Nichtstun. Hie und da ein harmloses Computerspiel, das reicht mir. Ab jetzt lebe ich nur noch gemütlich. "

Ich begebe mich ins Zimmer mit meinem Schreibcomputer. Fahrig schaue ich ihn an. Kein Zweifel, er hat mich zugleich gefressen und ausgespuckt. Ihm entkomme ich nicht mehr. Was immer ich erlebe, denke oder erinnere stammt von ihm oder stimmt zumindest mit seiner Programmierung und seinen Absichten überein. Er schreibt mich, was immer ich tue und wo immer ich mich aufhalte bin ich in seiner kreativen Verdauung, die mit mir und allem übereinstimmt.

ISBN 978-3-7541-1930-3
www.epubli.de